사랑을 알아 참 다행이다

안담은 쓴다. 죽다 살아나서 하는 농담에 대해서. 아니 농담하기 위해서만 그런 경험이 필요했다 농담하는 허세 심한 사람들에 대해서. 굳이 '딸피' 상태에서 가장 위험 감수가 높은 방식으로 가장 화려하게 자멸하길 선택하는 어리석은 사람들에 대해서. 심지어는—편지 중독자 '시라노'가 그랬듯이—죽어가는 와중에도 내가 죽어가는 모습이 어떠냐고 끝내 농담하는 사람들에 대해서. 자기 삶을 농담이란 이름의 시한폭탄으로 만들어야만 겨우 견딜수가 있게 되는 사람들의 나쁜 습성에 대해서. 즉 자기학대와 자기남용의 주권에 대해서. 실로 안담에게 농담이란 삶이 주는 '레몬'에 대한 과잉 대응이자 초과 달성이다. 누구도 강요한 적도 부탁한 적도 없는 무한 '레모네이드' 제공 사건. 삶은 바로 그런 방식으로 삶을 능가하고, 삶에 개겨대는 '기세'를 통해서만 계속된다. 그리고 어쩌면 이는 우리 인생에서 유일하게 가치 있는 고집이다. 우리에게 다행히도 안담은 자기 자신이란 예시를 통해 농담 근육의 묘기를 선보인다. 너무 웃다 울게 되고 너무 울다 웃게 되는 폭소와 오열의 임계에서 안담은 능수능란하게 우리 독자이자 '관객'의 호흡과 속도를 조절한다. 말맛과 리듬이 주는 기쁨과 풍요는 안담의 글을 퍼포먼스처럼 경험하게 한다. 독자가 아직 깨닫지도 못한 그의 웃을 또는 웃길 힘을 시험하고 촉진하며 안담은 쓴다, 그리고 말한다. 결국 모든 것이 전부 사랑하고 사는 삶을 위한 것이라고. 이런 단순한 진실을 솔직하게 쓰는 일도 어렵지만 재미있게 쓰는 일은 거의 불가능에 가깝다. 그런 의미에서 장담컨대 안담은 우리 시대 최고의 산문가다.

●이연숙(리타), 작가

농담은 무섭다. 농담을 하는 것도 농담거리가 되는 것도 무섭다. 소름 끼치는 농담의 과녁이 되거나 틀려먹은 농담의 책임을 지는 상상은 우리가 뜬눈으로 꾸는 최악의 악몽이다. 수치심은 사회적 자아에게 죽음과 다름없는 추방의 공포고 수치심을 판돈으로 걸고 연료로 태우는 농담은 내가 상상할 수 있는 한 가장 막강하고 위험한 발화다. 농담은 웃을 수 있는 자와 없는 자를 가르고 의미와 무의미를 가르고 유대를 다지거나 낙인을 찍어 추방한다. 웃음과 비웃음의 경계는 가냘프고 맑은 칼이 된다. 하지만 칼끝이 어디를 향할지 휘둘러보기 전까지는 아무도 알 수 없다. 정확히 과녁을 찌를지, 빗나가 엉뚱한 피해자를 만들지, 되레 자기 배를 쑤실지, 정말로 끝까지 알 수 없다. 바위에 박힌 엑스칼리버 같은 이 위험천만한 칼을 감히 잡아 뽑고, 버겁고 아프고 다쳐도 제대로 휘둘러보겠다 자꾸만 자꾸만 작정하는 이는 얼마나 용감한가. 『농담과 번복』은 농담이라는 칼을 잡고 농담 같은 삶과 맞서는 어마어마한 용기다. 농담의 힘을 똑바로 바라보고 책임을 되새기는 일, 누구보다도 먼저 자기 자신을 농담거리로 삼아 농담하고 번복하고 농담하고 번복하며 성밀하게 기예를 연마하는 엄혹한 수련이다. 번복을 무릅쓰며 뉘앙스를 정교하게 조정하는 치열한 글쓰기, '나로부터 미끄러지지' 않고서 삶에 도사린 어둠에 맞서려는 끝없는 애씀이다. (나는 이상한 사람인데 다른 사람도 그걸 다 아는 것 같아, 만천하에 치부를 드러내게 되면 어쩌지, 거짓말 같은 무서운 일들이 닥쳐오면 어쩌지.) 안담의 농담은 무서운 어둠의 핵심으로 거침없이 저벅저벅 명랑하게 걸어 들어간다. 농담을 한다는 건 번복을 불사하는 일, 농담거리가 되는 데 익숙해지는 일, 스스로 우스워지는 일, 우스워지는 모든 것을 사랑하는 일, 연민과 혐오를 오가다가 가운데 회색빛의 드넓은 공간을 다 차지하는 일이다. 이 책은 우리를 웃기고 울리고 불편한 스탠드업 코미디의 관객처럼 자리에서 들썩이게 만들다 기어이 그 선뜩한 찬손으로 심장을 덥석 움켜쥔다. 두려움 속에서 두려움 너머에서 우리에게 말해준다. 상처와 상실과 폭력도 어이없이 오지만 사랑과 위로와 연결도 "모래처럼 파도처럼 눈송이처럼" 바스라지고 부서지다 쏴아아 밀려든다고.

●김선형, 번역가

꽃스님 지음

사랑을
알아
참
다행이다

위즈덤하우스

Na hi verena verāni vinassanti

미움은 미움으로 사라지지 않고

mettāya yeva vinassanti

오직 사랑으로만 사라진다

당신이라는 구슬

이 책을 펼친 당신에게 먼저 묻고 싶다.

지금 곁에 누가 있는가.
떠나간 사람은 누구인가.
아직 만나지 못한 인연은 어디쯤 오고 있는가.

나는 화엄사에서 수행하는 승려다. 지리산 자락, 천
년의 세월을 품은 도량에서 아침저녁으로 예불을 올리

며 부처님의 가르침을 배우고 있다. 화엄사라는 이름은 『화엄경』에서 왔다. 그래서인지 나는 자연스럽게 화엄의 눈으로 세상을 보게 되었다.

화엄에서는 인연을 '인드라망因陀羅網'으로 설명한다. 인드라망은 인도 수미산 정상 도리천의 지배자이자 불법을 수호하는 천왕인 제석천의 궁전에 드리워진 보배 그물이다. 그물의 매듭마다 구슬이 달려 있는데 신비로운 것은, 하나의 구슬 안에 다른 모든 구슬이 비친다는 것이다. 그리고 비친 구슬 속에 또다시 모든 구슬이 비친다. 끝없이. 서로서로.

하나 속에 일체가 있고, 일체 속에 하나가 있다. 하나가 곧 일체요, 일체가 곧 하나이니라.

_『대방광불화엄경』

부처님의 이 가르침을 만난 뒤로 나는 인연을 다르게 보게 되었다.

다녀간 인연은 사라진 것이 아니다. 그 사람이 남긴 말, 표정, 온기는 지금 이 순간 '나'라는 구슬 속에 여전히 비치고 있다. 함께하는 인연은 당연한 것이 아니다. 지금 곁에 있다는 것은 셀 수 없는 인연의 그물이 겹쳐서 만들어낸 경이로운 일이다. 다가올 인연은 이미 오고 있다. 내가 오늘 읽은 글 한 줄, 내가 오늘 지은 표정 하나가 그 인연의 그물을 짜고 있다. 그래서 이 책을 쓰기로 했다.

거창한 깨달음을 전하려는 것이 아니다. 다만 내가 수행하며 마주한 마음의 풍경들, 일상에서 스쳐간 생각의 조각들을 나누고 싶었다. 겸손에 대해, 사랑에 대해, 이별에 대해, 다름에 대해 그리고 매 순간을 살아가는 일에 대해.

화엄에서는 '중중무진重重無盡'이라는 말을 쓴다. 겹겹이 쌓여 끝이 없다는 뜻이다. 이 책에 담긴 글들도 그렇게 읽어주셨으면 한다. 하나의 글이 다른 글과 이어지고, 당신의 삶과 만나 또 다른 의미가 되기를.

> 마음과 부처와 중생, 이 셋은 차별이 없다.
> _『대방광불화엄경』

이 책을 읽는 당신도 하나의 구슬이다. 그리고 그 구슬 안에는 당신이 만난 모든 사람, 스쳐간 모든 순간, 앞으로 맞이할 모든 인연이 비치고 있다. 부디 이 책이 당신이라는 구슬 위에 작은 빛 하나를 더해줄 수 있기를.

화엄사에서,
꽃스님 합장

차례

프롤로그 당신이라는 구슬 … 6

1장 흘려보내야 머무는 것들

산사의 새벽 … 16

지리산, 대화엄사 … 19

부모로부터 이별을 배웠습니다 … 22

변하지 않는 것은 변한다는 사실뿐 … 26

인연이 그려내는 한 장면 … 28

미움의 매듭 풀기 … 32

마음에는 셈이 통하지 않는다 … 36

좋은 인연 … 39

고요라는 가장 뜨거운 감각 … 40

흘려보내야 머무는 것들 … 43

어디에 사느냐보다 어떻게 바라보느냐 … 44

2장 나를 보살피는 연습

내가 자라나는 자리 … 48

'나' 중심의 마음 … 51

미운 나도 나다 … 53

반품의 기술 … 55

그릇 ⋯ 57

알아차리다 ⋯ 58

나의 눈치 보기 ⋯ 63

자기만의 칼을 쥐고 있다는 것 ⋯ 65

고유색 ⋯ 69

나를 찾아 나를 얻는다 ⋯ 72

여행이 가르쳐준 것 ⋯ 75

스스로를 믿고 스스로를 밝혀야 한다 ⋯ 80

3장 실천 없는 말에는 열매가 없다

종교가 아닌 종교, 철학이 아닌 철학 ⋯ 84

수행자는 한 송이 꽃이다 ⋯ 87

나에게 건네는 약속 ⋯ 91

폼생폼사 ⋯ 94

정리 ⋯ 98

일일부작 일일부식 ⋯ 99

삶으로 증명하는 수행 ⋯ 101

행하지 않는 사람 ⋯ 104

무진장의 비밀 ⋯ 105

출격대장부 ⋯ 107

4장 사랑으로 잇다

첫눈에 반한 사람 ⋯ 112

은사스님과 나 ⋯ 117

나를 마주하는 시간 ⋯ 121

피를 나눈 도반 ⋯ 124

향기가 머무는 거리 ⋯ 127

말의 무게 ⋯ 128

따뜻한 경계선 ⋯ 130

소유하지 않는 사랑 ⋯ 133

기대라는 빚 ⋯ 136

자비 ⋯ 138

자비는 결국 실천 ⋯ 141

떨림이 울림이 되기까지 ⋯ 142

틀림이 아닌 다름 ⋯ 146

다른 길, 같은 곳 ⋯ 148

5장 평범한 하루가 꽃같이 피어나다

평범 … 158

나의 작은 스승 … 162

원만합니다 … 165

다행 … 168

매 순간 처음처럼 … 172

평가와 판단을 거둘 수 있다면 … 176

겸손의 의미 … 180

생각보다 느낌대로 … 184

심心 자 가족들 … 188

그냥 조금씩 매일 했을 뿐 … 191

정진 … 194

안 되는 것도 과정이다 … 195

이 순간에 최선을 … 196

오늘도 수고한 나에게 … 200

찰나를 사는 인간일 뿐 … 202

어떤 존재도 홀로 피어나지 못한다 … 205

우리는 서로의 거울이자 길 … 209

회향의 시간 … 213

흘려보내야 머무는 것들

1장

산사의 새벽

새벽 네 시.

산은 아직 잠들어 있고, 절집만이 천천히 숨을 고른다. 칠흑 어둠이 푸른빛으로 희미하게 물든다.

스님이 목탁을 들고 도량을 천천히 돈다. 목탁 소리가 멀어졌다 가까워졌다 하며 도량석이 울린다. 아직 빛이 닿지 않은 생명들의 몸을 깨우는 소리다. 어제의 번뇌를 털고 새로운 하루를 맞이하라는 깨움이다. 한 걸음, 한 울림마다 출가수행자*의 다짐이 배어 있다. 종송이 이어진다. 낮고 단정한 음절이 새벽을 채운다. 마음을 깨우는 소리다. 굵은 울림의 법고가 산허리를 감싸며 퍼진다. 바위와 나무, 흙과 풀, 땅의 중생이 숨을 고친다. 목어가 울리면 물속 생명들이 눈을 뜬다. 물결이 고요히 움직이고, 새벽 냉기가 조금씩 부드러워진다. 운판이 이어진다. 맑고 가벼운 쇳소리가 안개 사이를 흘러 공중으로 퍼지고 날짐승들이 날개를 털며 하루를 준비한다. 마지막으로 범종이 뒤따른다. 종소리는 깊고 멀리 번진다. 공기를 가르며 하늘까지 닿는다. 이로써 땅과 물속과 공중, 천상과 지옥의 모든 존재가 하나의 새벽으로 모인다.

각황전의 문이 열린다.

❈ '수행자'는 자기 자리에서 마음을 살피며 살아가는 모든 이를, '출가수행자'는 출가하여 승가僧伽의 일원으로 살아가는 승려를 가리킨다. 이책은 출가수행자의 삶에서 비롯되었으나, 그 안에 담긴 마음은 수행자모두의 것이기를 바란다.

스님들이 고요히 들어선다.

발자국 소리가 마루를 스치고, 불빛이 금불상에 닿는다. 미소가 천천히 드러난다. 세상은 그제야 완전히 깨어난다. 향이 피어오르고, 염불이 이어진다. 낮은 소리가 나무 기둥과 천장을 타고 번져 나간다. 숨을 들이쉬면 향이 들어오고, 내쉬면 새벽이 나간다.

세상은 아직 어둡지만 내 안은 이미 밝다.

하루의 첫 숨이 만들어진다.

새벽의 고요 속에서 세상이 다시 시작된다.

지리산, 대화엄사

내가 사는 절은 지리산 자락에 있다.

이른 새벽, 안개가 산허리를 감싸면 마치 구름 위에 떠 있는 듯 보이는 이곳은 지리산 대화엄사다.

'화엄'이란 단어에는 모든 것이 연결되어 있다, 라는 뜻이 있다. 화엄사에 다녀간 인연, 다녀갈 인연은 하나하나의 꽃잎들이다. 어디서 어떻게 살든 인연이 닿아 있고 이 꽃잎들이 모이면 하나의 꽃이 만발한다. 그리고 줄기와 뿌리 역할을 하는 게 화엄사와 스님들이다. 이름 그대로 '화엄華嚴', 꽃처럼 장엄한 세상. 모든 존재가 서로 기대어 피어나는 세계가 이렇게 펼쳐진다.

절의 하루는 늘 같지만 그 같음 속에 수많은 차이가 숨어 있다.

비 오는 날의 법고 소리와 맑은 날의 법고 소리는 다르고, 같은 산길도 새벽과 저녁 빛에 따라 다른 얼굴을 한다. 나는 그 속에서 '서로 다름이 곧 하나'라는 말을 조금씩 이해하게 된다.

이것이 화엄의 가르침이다. 하나가 곧 전체이고, 전체가 곧 하나라는 것. 부처님 말씀으로는 '일즉다 다즉일一卽多 多卽一', 그 말이 결국 '연기緣起'의 진리다.

여기서 사는 일은 그 진리를 몸으로 배우는 일이다. 누구는 부지런히 기도를 올리고, 누구는 법당을 쓸고, 누구는 말없이 나무를 심는다. 그 다름이 모여 절을 움직인다. 아무도 눈에 띄지 않지만 보이지 않는 손길들이 모여 화엄사가 된다.

절의 하루를 살다 보면 나는 점점 화, 번뇌, 잡념이 줄어든다. 세상 모든 것이 서로 연결되어 있다면 누구를 탓할 수 있겠는가. 내가 흔들리면 세상이 흔들리고 내가 고요하면 세상도 고요하다.

화엄은 삶의 방식이다. 서로의 다름을 인정하고 그 다름이 만들어내는 조화를 기쁘게 바라보는 일. 그래서 이곳은 늘 고요하지만 결코 멈추어 있지 않다. 꽃이 피고 지듯 마음도 늘 피고 진다. 그 피고 지는 사이사이에 내 수행이 자란다.

나는 화엄을 좋아한다.

그 안에는 계절이 있고, 우리의 인연이 있고, 마음이 있다.

그리고 스스로를 조금씩 이해해가는 나도 있다.

부모로부터
이별을 배웠습니다

언젠가 인터뷰를 하다 기자가 조심스럽게 물어본 적이 있다.

"스님, 젊은 나이에 그 외모로 사회에서도 잘 사실 것 같은데 왜 머리를 깎고 절에 들어가셨나요?"

아마 나를 접한 많은 분들이 가장 궁금해하는 지점일 것이다. 도대체 저 스님은 무슨 거창한 뜻을 품고 산문에 들었을까.

삶은 예고 없이 방향을 바꾸곤 한다. 스스로 선택해

나아갈 때도 있지만, 때로는 자신의 의지와는 무관한 흐름 속에서 떠밀리듯 새로운 길 앞에 선다. 어린 시절에는 더욱 그렇다. 판단의 힘이 부족할 때, 누군가가 내민 길이 곧 삶의 방향이 되곤 한다. 나의 출가도 그런 흐름에 놓여 있었다.

중학생 때였다. 부모님은 우리 삼 남매를 모두 절에 데려갔다. 나는 부모님을 깊이 신뢰하는 아들이었다. 부모님의 말씀들은 모두 나를 위한 것이라 생각해, 절에 가자면 깊은 뜻이 있겠거니 하고 따랐다.

일주일이라는 짧은 준비 기간 동안 출가에 대한 많은 설명이 있었으나 가장 중요한 사실 하나가 빠져 있었다. 바로 '이별'이었다. 절에 도착해 짐을 내려놓자마자 부모님은 차를 돌렸다. 엔진의 진동이 공기를 울리고 붉은 후미등이 점점 멀어졌다. 그 빛이 사라질 때까지 나는 멍하니 서 있었다. 이별에 대한 예고도, 마음의 준비도 없었던 소년에게는 세상이 무너지는 일이었다.

그날부터 한 달 넘게 울었다. 지리산 계곡물 소리가 내 울음과 뒤엉켰다. 동생을 끼고 낯선 천장을 바라보며 그리움과 원망, 그리고 커다란 상실이 뒤섞인 밤들을 보냈다.

만약 그때의 상처만 쥐고 살았다면 나는 결코 제대로 자라지 못했을 것이다. 떠나는 차의 뒷모습은 아팠지만 그 이별은 나를 전혀 다른 세상으로 데려다 놓았다.

지금 내가 머무는 공간 옆이, 어린 시절 내가 살던 방이다. 새로운 세상을 배우던 작은 아이가 있던 곳과 불과 몇 걸음 떨어진 자리에서, 나는 출가수행자로 하루를 열고 닫는다. 과거와 현재가 벽 하나를 사이에 두고 마주 서 있는 셈이다.

시간을 견디고 살아낸 방식이 한 사람을 만든다. 출가는 내게 그 사실을 가장 먼저, 그리고 가장 깊게 가르쳐주었다. 흘러온 길이 어떠했든 그 시간을 어떻게 품었는가가 나를 이 자리에 데려다 놓은 것이다.

'왜 출가를 했느냐'라는 질문은 '당신은 어떻게 이 길을 살아가고 있느냐'라는 질문과 닿아 있다고 생각한다.

나는 그 질문에 조용히 답해보고자 한다. 이 길 위에서의 하루가, 나에게는 여전히 새롭게 시작되고 있기 때문이다.

변하지 않는 것은
변한다는 사실뿐

어떤 것도 내 마음대로 완전히 가질 수는 없다.

기대가 크면 실망도 크다.

원하는 대로 되지 않는다고 괴로워하는 대신

기대를 내려놓을수록 마음은 자유로워진다.

아무리 오래갈 것 같아도,

지금의 상태는 영원하지 않다.

모든 관계, 감정, 상황은 흐르고 변한다.

그러니 붙잡으려 하기보다

흘러가도록 허락해야 한다.

인연이 그려내는
한 장면

만남에는 축하를, 이별에는 위로를 건네는 게 익숙하다. 마치 만남은 성공이고 이별은 실패인 것처럼. 하지만 삶이라는 거대한 화폭을 가만히 들여다보면, 이별은 그저 인연이라는 실타래가 그려내는 필연적인 한 장면일 뿐이다.

『법구경』에서 부처님께서는 우리에게 준엄한 진실을 일깨워주셨다.

사랑하는 이와 헤어지지 말라 하여도 헤어지게 되고, 미워하는 이와 만나지 말라 하여도 만나게 된다. 이것이 세상의 이치이니라.

이는 체념이 아니다. 우리를 가두고 있던 '변하지 않을 것'이라는 집착의 감옥에서 풀어주는 해방이다. 봄이 오면 수천 개의 꽃들이 환희 속에 피어나지만 꽃은 지고 푸르던 잎도 계절이 지나면 자연스럽게 흙으로 돌아간다. 낙엽을 보며 나무가 실패했다고 말하지 않는다. 잎을 떨궈야만 나무는 혹독한 겨울을 견디고 다시금 새로운 봄을 준비할 수 있다는 것을 알기 때문이다. 이별 역시 마음의 겨울을 나기 위해 내 안에 작은 공간을 만드는 시간이다.

상실감이 커질수록 지난 시간이 허무하게 느껴지기도 한다. 고통스럽기도 하다. 그러다 스스로에게 자주 묻는다.

'함께한 시간은 거짓이었나?'

아니다.

함께 나누었던 눈부신 웃음도, 서로의 아픔을 보듬으려 애썼던 서툰 손길도, 그 마음만큼은 그때 분명히 존재했다. 이별은 우리가 나눈 진심까지 없던 일로 만들지 못한다. 헤어진다고 그때의 마음이 가짜가 되는 건 아니다. 그러니 애써 부정의 마침표를 찍을 필요도 없다. 한 권의 책이 끝났을 뿐, 그 책을 읽으며 자라난 마음은 그대로 남는다. 함께 걷던 길에서 갈림길을 만났을 뿐, 걸어온 길 위의 풍경은 사라지지 않고 우리 내면의 지도가 된다.

'고마웠어요. 당신 덕분에 나의 세계가 조금 더 넓어졌습니다.'

이 마음이면 충분하다. 이별은 더 이상 아픈 결말이

아니다. 비워진 자리에 '나 자신'이 보이기 시작하고, 여백을 통해 홀로 서는 법을 배운다. 우리는 지금 실패한 것이 아니라 삶의 한 계절을 지나 다음으로 건너가는 중이다.

미움의 매듭 풀기

학교에서 절에 사는 아이라며 놀림을 받기도 했다. 그 말을 들을 때마다 세상과 나 사이에 보이지 않는 선이 생긴 것 같았다. 입학식이나 졸업식 같은 날이면 부모님과 함께 온 친구들이 부러웠다. 그냥 부러웠다는 말로는 다 담기지 않았다. 나는 그 자리에 있었지만 없었다. 그게 늘 마음 한쪽을 건드렸다.

나는 왜 비 오는 날 데리러 오는 사람이 없을까.

체육대회는 왜 또 돌아오는 걸까.

나는 왜 당연한 상황이 없는 걸까.

이런 마음이 내 안에 오래 남았던 것 같다.

그러다 동생들과 이야기를 나누면서 문득 깨달았다.

미워한다는 건, 아직도 기대하고 있다는 뜻이구나.

마음속 깊이 가라앉아 있던 묵직한 응어리를 이제
는 정리해야 할 때였다. 부모라는 이름의 거대한 산을
한 번은 넘어야 할 것 같았다. 그래야만 내가 살고 있
는 이 절에서, 내게 주어진 이 삶 안에서 온전히 홀로
설 수 있을 것 같았다.

마음의 창을 바꾸어 달아보았다.

'만약 부모님을 내가 마주하는 신도들처럼 대한다
면 어떨까.'

생각을 바꾸자 가슴 한구석이 조금씩 가벼워졌다.

절을 찾는 수많은 신도들에게도 저마다의 사정이 있고, 고단한 삶의 무게를 잠시 내려놓기 위해 나를 찾아오지 않는가.

출가수행자의 자리에서 그들의 생을 인정하고 나니, 오랫동안 꼬여 있던 마음의 매듭이 소리 없이 풀리기 시작했다. 처음으로 '감정을 정리한다'는 말의 진짜 의미를 알 것 같았다. 용서는 타인을 향한 관용이 아니라 나 자신을 가두었던 감옥의 문을 여는 일이었다. 미움이 걷히고 나서야 내가 머물고 있는 이 자리가 선명하게 보였다.

나는 전화를 걸었다.

"혹시나 미안해하며 살지 마세요. 우리 삼 남매, 이렇게 잘 살고 있어요. 모시는 스님들도 좋고, 절의 공기도 좋습니다. 우리 절에서는 이런 걸 '인연'이라고 하는데 귀한 길을 걷게 해주셔서 감사합니다."

이제는 괜찮다는 말을 꼭 전하고 싶었다. 자식들을 절에 맡겼다는 죄책감이 그들의 남은 생을 무겁게 짓누르지 않기를 바랐다.

가끔 나 자신에게 묻곤 한다.

'나는 지금 내 삶에 만족하는가?'

대답은 늘 한결같다.

'만족한다.'

이토록 충만한 삶을 살고 있는데, 굳이 과거의 부모를 미워할 이유가 어디 있을까. 그때의 선택이 나를 이 평온한 도량으로 데려다주었고, 지금의 나를 만든 필연적인 인연이 되었다. 나도, 범주스님도, 현태스님도 각자의 자리에서 제 삶의 주인이 되어 행복하다.

부모님도 복이 많고, 우리 삼 남매도 복이 넘친다. 서로의 복이 맞닿은 덕분에 아름다운 인연으로 이어질 수 있었다.

마음에는
셈이 통하지 않는다

용서는 상대를 위한 일이 아니라 나를 괴롭히는 마음을 풀어주는 일이다. 용서하지 않음은, 미움에 나를 가두는 일이다.

용서가 어렵다면 마음의 방향을 바꿔보라 이야기하고 싶다. 타인을 바라보던 시선을 나 자신에게로 돌리고 스스로에게 이렇게 질문해본다.

'내 마음은 지금 어떤가?'

답이 보이지 않으면 덜어낸다. 생각을 덜고 감정을 덜고 순도 높은 내 마음만 남을 때까지.

그렇게 덜어내다 보면 어느 순간 깨달음이 온다. 정리가 어려운 건 미움 때문이 아니라 기대 때문이다. 결국 내가 집착했던 건 '그들은 나를 이렇게 대해야 한다'는 기대이다.

나는 이걸 수행이라 부른다.

남을 바꾸려 하지 않고 내 마음을 바로 보는 일.

지금의 나는 남에게 그다지 관심이 없다. 무심함이라기보다 모든 게 내 마음의 일이라는 걸 알아버렸기 때문이다. 만족이라는 것도 내 마음이 꺼내는 답이다. 화, 귀찮음, 불만, 모든 감정이 결국 내 안에서 만들어진 현상이다. 누구 때문에 힘들고 무엇 때문에 불만족스럽다는 건 애초에 계산이 잘못된 수식이다. 수식이 틀렸으니 답이 맞을 리 없다.

나는 그 수식을 다시 썼다. '누구 때문에'가 아니라 '내 마음이 지금 어떠한가'로. 그러자 답이 바뀌었다. 이해도 용서도 모두 마음 안에서 시작되고 끝난다. 그걸 알게 되자 삶의 무게가 가벼워졌다. 누구를 탓할 일도, 누구에게 기대할 일도 없다.

마음에는 셈이 적용되지 않는다. 누가 잘했고 누가 못했고 누가 더 주었고 누가 덜 받았는지 끝없이 따져봤자 답이 안 나온다. 마음은 계산의 대상이 아닌데 자꾸 잘못된 수식을 들이대니 늘 오답이 될 수밖에 없다.

좋은 인연

물은 움켜쥐면 새어 나가지만
손을 펴면 고요히 머문다.

삶의 인연도 그렇다.
좋은 인연은 힘으로 붙잡는 게 아니라
놓아도 떠나지 않는 것이다.

고요라는
가장 뜨거운 감각

산사에 발을 들이던 날, 그 순간부터 진짜 공부는 시작되었다. 낯선 정적 속에서 나는 처음으로 '나'라는 존재를 마주했다. 컵을 내려놓으면 누군가 말없이 치워주던 안온한 세상에서, 내가 머문 자리를 내 손으로 직접 거두어야 하는 세상으로 건너온 것이다.

시간이 흐르며 절에서 배운 귀한 사실은, 삶에서 일어나는 모든 일이 곧 '공부'라는 것이었다. 눈에 밟히는 풍경, 귓가를 스치는 바람, 타인이 무심코 던진 말 한마디까지. 그 모든 조각이 나를 깎고 다듬는 과정이었다.

이곳에는 "오감으로 느껴지는 모든 것이 공부다"라는 말이 있다.

처음엔 그 말이 도무지 가슴에 닿지 않았다. 억울한 일을 당하면 분노가 앞섰고, 사소한 일에도 요동치는 마음을 어찌할 바 몰랐다. 그때 스님들께서 내게 말씀하셨다. 감정으로만 세상을 대하기 시작하면, 이 모진 세상을 버텨낼 수 있는 사람은 아무도 없다고. 그러니 차라리 어리석어지라고 하셨다.

스님들께서 말씀하시는 어리석음은 모자람이 아니었다. 거센 흐름을 억지로 이기려 들지 않고 묵묵히 받아들이는 마음, 세상을 탓하기보다 그 안에서 자기 마음을 다스릴 줄 아는 힘을 뜻했다. 감정으로 부딪치면 상처가 남지만, 공부로 받아들이면 지혜가 남는다.

치기 어린 마음으로 나를 세상에 증명해 보이고 싶

었던 서툰 시절이 있었다. 하지만 그 소란스러운 시간을 지나고 보니, 내가 그토록 찾아 헤맨 진짜 자극은 고요와 평온이었다.

마음의 파도가 잦아들고 수면이 매끄러워지는 순간, 그제야 내가 진짜 살아 있다는 생생한 감각이 찾아왔다. 텅 빈 방 안에서 홀로 차를 마시며 컵을 씻는 이 단순한 행위 속에 삶의 가장 깊은 맛이 담겨 있었다.

흘려보내야 머무는 것들

사라짐을 두려워하면 현재를 잃는다.

흘러감을 받아들이면 평안이 생긴다.

어디에 사느냐보다
어떻게 바라보느냐

절에 산다고 해서 모두가 좋은 생각을 하는 것도 아니다. 이곳 역시 사람 사는 곳이고, 마음이 흔들리면 그 흔들림은 똑같다. 다만, 흔들림을 바라보는 훈련이 조금 더 자연스러울 뿐이다.

환경이 아무리 좋아도 내 마음을 다스리지 못하면 세속과 절은 다를 게 없다. 사는 곳이 중요한 게 아니다. 그곳에서 수행하고 있느냐가 중요하다.

출가수행자의 삶이 멋지다고 생각하는 건, 세상과 멀리 떨어져 살아서가 아니라 자기 마음을 매 순간 바로 보며 사는 삶이기 때문이라 생각한다.

그래서 나는 나의 인연들에게 말한다.

"가장 멋진 사람이 됩시다."

멋진 사람은 돈이 많거나 유명한 사람이 아니다. 자기 마음을 지키며 사는 사람이다.

그게 가장 어렵고, 그래서 가장 아름답다.

2장

나를 보살피는 연습

내가 자라나는 자리

누구나 한 번쯤은 자기 자리가 어딘지 몰라 두리번거린다. 직장에서도 인간관계에서도 심지어 가족 안에서도 마찬가지다. 분명 몸은 그곳에 함께 있는데 마음은 저 멀리 홀로 떨어진 섬처럼 느껴질 때가 있다.

나 역시 내가 어디에 속해 있는 사람인가에 대해 깊은 의문을 품은 적이 있다. 학교에서는 또래들과 잘 어울렸지만 완전히 섞여 하나가 된 것도 아니었다. 절에 살고 있었지만 아직 완전한 출가를 한 것도 아니었던 시절. 나는 늘 경계선 위에 서 있는 이방인 같았다. 세상과 멀어지는 것 같고 절의 고요함에는 아직 덜 익은 것 같은 그 애매한 지점이 나를 자꾸 흔들었다.

'속해 있다'는 감각은 타인이 나를 받아줄 때 생기는 것이 아니다. 그것은 내가 지금 딛고 있는 이 땅을 얼마나 온전히 믿느냐에 달려 있다. 학교든 절이든 혹은 ㄱ 어디든 내가 내 마음을 쏟아 정성을 다하는 그 순간, 그곳은 타향이 아닌 고향이 된다.

내가 어디에 속해 있는지 묻기보다 지금 내가 서 있는 이 자리에서 무엇을 배우고 있는지 묻기 시작하자 마음이 편안해졌다. 경계선 위에 서 있다는 것은 양쪽 풍경을 모두 볼 수 있다는 복이기도 했다. 세상의 활기와 절집의 고요함을 동시에 품을 수 있는 나만의 자리가 그곳에 있었다.

이제 더는 두리번거리지 않는다. 내가 자라나는 자

리는 어떤 특정한 공간이 아니라 내 마음이 머무는 바로 지금 이 순간이기 때문이다. 뿌리는 땅속 깊이 박혀 보이지 않지만 꽃은 줄기 끝에서 하늘을 향해 피어나듯, 나 또한 내가 선 자리에서 나만의 색깔로 조용히 자라나고 있다.

내가 서 있는 이 자리가 삶을 배우기에 가장 좋은 곳이다. 자신의 발밑을 정성껏 살피며 다음 한 걸음을 내딛길 바란다.

'나' 중심의 마음

　　많이들 '이기적이다'라는 말 앞에서 움츠러든다. '배려'라는 이름 아래, 내 마음을 챙기는 일은 종종 부끄러운 행동처럼 취급된다.

　　나를 제대로 돌보지 못하는 사람이 남을 돌볼 순 없다. 제대로 나를 돌보지 못하면 관계도, 일도, 감정도 쉽게 흔들리고 만다. 작은 말 한마디에 무너지고, 사소한 일에도 뒤틀리고, 타인의 감정에 과도하게 휘둘리게 된다.

건강한 자기중심성이 필요하다. 나를 위한 보호막이 아니라, 모든 관계가 안전하게 머물 수 있는 토양이다. 혼자 있는 시간은 그 땅을 고르게 다지는 시간이다. 겉에서 보기엔 고요하지만 실제로는 꽤 치열한 시간이기도 하다. 아무도 나를 흔들지 않지만 내 마음이 나를 흔들기 때문이다.

'지금 나는 무엇을 원하는가?'
'무엇이 나를 무겁게 만들고, 가볍게 하는가?'
'오늘의 나는 어디까지 괜찮고, 어디부터 무리인가?'

이 질문들과 마주하는 건 쉽지 않다. 하지만 그 질문에 솔직해질 때 우리는 타인을 온전히 바라볼 수 있다. 세상에서 나만 중요하다는 마음이 아니라 나도 중요하다는 사실을 외면하지 않는 마음, 그 마음을 지키는 연습이 필요하다.

미운 나도 나다

부족함과 서툶. 걷잡을 수 없는 충동과 시시각각 흔들리는 마음. 이 불완전한 조각들도 나를 이루는 요소다.

잘못을 덮지 않되 자신을 부러뜨리지 않기,
천천히 개선해가는 자신을 따뜻하게 지켜보기.
수행이란 결국 이런 태도의 반복이다.

어제의 나와 조용히 화해하고

오늘의 나를 적당히 다독이며

내일의 나에게 작은 여지를 남겨두는 일.

이게 내가 생각하는 '수용'이다.

현실을 도망치지 않는 가장 용감한 방식이다.

반품의 기술

누군가 당신에게 쏟아낸 무례한 말이나 비난은
집 앞으로 잘못 배달된 택배와 같다.

굳이 뜯어보고 내용을 확인하며
기분 나빠할 이유가 전혀 없다.

'내 것이 아니네' 하고
수령 거부하면 그만이다.

받지 않으면 그 말은 다시

보낸 사람에게로 돌아가게 되어 있다.

내 공간에 쓰레기를 쌓아두지 말자.

그냥 반송하는 게 가장 효율적인 대처다.

그릇

감당이 안 될 때가 있다.
왜 나한테만, 싶은 날.

그런데 돌이켜보면
그때마다 조금씩 커졌다.

지금 벅차면 늘어나는 중이다.
넘치기 직전, 가장 많이 자란다.

알아차리다

불교에서 '알아차림'이라 부르는 사티Sati는 거창한 기술이 아니다.

누군가는 그것을 수행의 핵심이라 하고, 또 누군가는 깨달음의 문턱이라고도 말하지만 정작 사티는 그 모든 포장을 벗겨내면 아주 단순하다. 지금 이 순간 마음에 일어나는 일들을 도망치지 않고 밀어내지 않고 붙잡지도 않은 채 거기 있는 그대로 바라보는 일.

대부분 그렇게 살지 않는다. 화가 나면 '화났다' 하고, 어느 순간 가라앉으면 '이제 괜찮네' 하고 넘어간다. 행복도, 기쁨도, 서운함도 다 그렇다. 감정은 생겼다가 사라지는 하루살이 같은데 그 하루살이가 어떤 색이었는지, 어디서 생겼는지, 어떻게 없어지는지 대부분의 사람은 돌아보지 않는다.

나는 이걸 '무관심'이라고 부르고 싶다. 자기 마음에 대해 이토록 무심한데 어찌 병이 생기지 않겠는가. 어찌 오래된 골병처럼 마음이 굳어지지 않겠는가.

보통 괴로움이 쌓이고 나서야 묻는다.

"왜 나는 이렇게 힘들까요?"

그런데 그 힘듦은, 화가 나고 사라지는 아주 작은 떨림을 보지 않는 것에서 시작한다.

알아차림은 그 작은 떨림을 따라가는 일이다.

화가 올라오는 첫 순간, 어디선가 뜨거운 기운이 솟구치는 미세한 결을 붙잡아본다. 그 화가 뿜어져 나오지 못해 몸을 흔드는 순간도 지켜보고, 마지막 열기가 꺼지며 먼지처럼 가라앉는 순간까지 지켜보는 것. 이게 한 사이클이다.

행복도 똑같다. 어디서 생겼는지 모르게 가슴이 가벼워지고, 순간 눈앞이 환해졌다가 조금씩 산소가 빠지듯 사라지는 과정을 따라가보는 일.

한 사이클을 온전히 따라가면 두 번째는 조금 덜 요동친다. 세 번째는 훨씬 가볍다. 어느 순간에는 감정이라는 게 잠깐 펄럭이다가 그냥 지나간다. 나를 끌어내리던 무게가 점점 줄어든다.

이게 우리가 명상을 하는 이유다.

명상을 하면 화가 없어지고, 행복만 남는다는 말은 오해다. 1년을 수행해도 화는 나고, 10년을 수행해도 질투는 올라오고, 100년을 수행해도 욕망은 사라지지 않는다. 사람은 그런 존재다.

수행은 그걸 없애는 일이 아니라 그걸 인정하는 데서 시작된다. 화가 나는 존재임을 인정하고, 욕망이 일어나는 존재임을 인정하고, 감정들이 생겼다가 사라지는 찰나의 생멸을 지켜볼 수 있는 존재임을 인정하는 것.

많은 사람들이 괴로운 이유는 화가 나지 않는 사람이 되고 싶어서고, 욕망이 없는 마음을 꿈꾸기 때문이다. 하지만 욕망이 없다면 사람이 아니다. 감정이 없으면 수행할 이유도 없다.

사람은 태어나서 죽을 때까지 끝없는 오욕락五欲樂에 흔들리고, 그 욕망을 붙잡아 괴로워하고, 또 그 욕망이 사라질까 봐 괴로워한다.

그런데도 자꾸 부정하려 한다.

나는 화가 나면 안 돼,

나는 행복해야만 해,

나는 좋은 사람이 되어야 해.

'그래야 한다'는 마음이 더 깊은 괴로움 속에 밀어 넣는다.

사람이 사람인 이유를 인정하는 것. 그 인정에서 수행은 출발한다. 알아차림은 인정 위에서 피어난다. 마음을 끝까지 따라가본 사람은 안다. 감정은 나를 망가뜨리려는 괴물이 아니라 그저 피었다 지는 작은 물결이라는 사실을. 물결이 있었음을 보고, 사라졌음을 다시 보는 것. 그 단순한 행위가 삶의 결을 바꾼다.

나의 눈치 보기

싫은데 웃고

괜찮다 하고

맞춰주느라 지칠 때가 있다.

그게 배려라고 생각했는데

돌아보면 나만 닳아 있다.

눈치 보는 건

상대를 위한 게 아니라
미움받고 싶지 않은 마음이다.

그렇게 맞춰줘도
떠날 사람은 떠난다.

나를 지키면서 남은 사람이
진짜다.

그 에너지,
나한테 조금 써도 괜찮다.

자기만의 칼을
쥐고 있다는 것

　부처님과 스님들의 가르침에 가장 큰 영향을 받았기에 이 자리에서 수행하고 있으나 유독 나의 눈길을 끄는 속세의 사람이 한 명 있다. 바로 지드래곤.

　이상하게 들릴 수도 있다. 산속 절에서 수행하는 자의 입에서 이 이름이 나오는 게. 하지만 솔직히 말하면 출가하기 전, 빅뱅이 데뷔했을 때부터 유독 그에게 눈이 갔다. 매년 MAMA 무대에서 공연하는 그를 보면서 생각했다. 똑같은 가수고, 똑같은 아이돌이고, 똑같은 무대 위에 서 있는데, 왜 나는 저 사람에게 눈이 갈까?

자기 안의 솔직함을 꺼내 들고 그것을 오래 갈아 날을 세우는 사람은 멋있다. 그 솔직함은 처음엔 투박한 원석 같고 손잡이도 없고 쓰려면 베이는 날것인데 어떤 사람들은 그것을 끝끝내 버리지 않는다. 조금씩 다듬고 문지르고 때로는 피도 보고 상처도 보듬으면서 마침내 자기만의 칼을 만든다.

그 칼은 타인을 향해 겨누는 무기가 아니다. 남과 경쟁하려는 장신구도 아니다. 그 칼은 나만 알고 있는 결핍의 무게, 나만 들을 수 있는 마음의 떨림, 그런 것들도 단단해진 하나의 형상이다.

나는 그런 칼을 가진 이들이 참 멋있다. 자신을 끝까지 바라보는 눈, 자기 안의 어둡고 거친 면들을 외면하지 않는 마음, 그리고 그 모든 것을 스스로의 삶을 위해 쓰려는 태도.

지리산 자락 작은 방에서 유튜브를 통해 바라본 그의 무대는 화려했다. 세상에 이렇게 빛나는 사람이 있구나. 하지만 매년 업그레이드되는 그의 공연을 보면서 생각했다. 얼마나 노력을 하고 있는 걸까. 저 화려함 뒤에는 얼마나 많은 땀과 눈물이 있었을까.

그리고 물었다.

"불교의 가르침에 따르면 나도 저 사람과 다르지 않은데, 나는 정진하고 있는가?"

자신의 그림자를 근육처럼 다져 살아가는 사람을 응원하고 싶던 마음은 이제 나를 향한 질문이 되었다. 같은 시대를 살아가는 한 사람이 자기 자리에서 최선을 다하는 모습을 보며, 나도 내 자리에서 최선을 다해야겠다고 다짐하게 된 것이다.

나는 법당 안에서 빛나려 한다. 방식은 달라도 방향은 같다. 어제보다 나은 오늘을 사는 것.

누구든 자기 자리에서 빛나는 법을 배우다 보면 자

기만의 고유하고 멋진 무기를 얻게 될 것이다.

자기 자신을 등불로 삼고, 자기 자신을 의지처로 삼아

라. 진리를 등불로 삼고, 진리를 의지처로 삼아라.

_『대반열반경』

고유색

어느 해에는 새하얀색이 유행하고 어느 해에는 강렬한 빨강, 또 어떤 해에는 차분한 그레이가 사랑받는다.

사람도 그렇다. 하얀 사람, 검은 사람, 파란 사람, 빨간 사람, 그리고 그 사이에 수많은 농도와 톤이 있다. 문제는 시대와 환경이 자꾸 어떤 색을 '더 좋은 색'처럼 만들 때다. 흰색이 돋보이는 자리에 서 있으면 빨강이 과해 보이고, 강렬한 빨강이 필요할 때는 옅은 회

색이 괜히 부족해 보인다. 그때 슬며시 이런 생각이 올라온다.

"나는 왜 저 색이 아니지?"

"내 색은 왜 이렇게 애매하지?"

한 티끌 속에 시방세계가 있고, 시방세계 속에 한 티끌이 있다. 크고 작음이 서로 걸림이 없으니, 각각이 모두 원만하다.

_『대방광불화엄경』

어느 색도 가볍게 유지되는 건 아니다. 흰색은 한 방울만 튀어도 금세 달라지기에 늘 조심하고, 늘 긴장하며 살아야 한다. 빨강은 언제나 뜨겁고 선명하길 바라는 마음들에 지치고 힘들어도 쉽게 내려놓지 못한다. 검정은 기대어 오는 무게들을 말없이 받아내야 하는 몫이 있다. 각자의 색 뒤에는 보이지 않는 노력과 선택과 감당이 숨어 있다.

남의 색을 부러워하며 내 색을 깎아내리는 마음은 겉만 보고 남의 삶을 판단하는 것과 다르지 않다. 중요한 것은 '나는 어떤 톤의 사람인가'를 알아채는 일이다. 따뜻한지, 차가운지, 선명한지, 은은한지.

필요하다면, 내 색 위에 다른 색을 한두 방울 섞어가며 조금씩 톤을 조정해볼 수 있다. 그게 나를 억지로 바꾸는 것이 아니라 나라는 색을 더 자연스럽게 가다듬어기는 일이라면.

세상은 흰색, 검은색, 파랑, 빨강 등 각자의 자리에서 자기 색을 인정받을 때 조화롭다. 그러니 오늘은 남의 색을 부러워하기보다 이렇게 한번 물어보면 좋겠다.

"지금 나라는 사람은 어떤 색으로 살아가고 있을까."

나를 찾아 나를 얻는다

"너는 아직 중물이 덜 들었다."

노스님께서 말씀하셨다.

청천벽력이었다. 나도 드디어 대학생이 된다는 생각에 들떠 있었는데. 내가 봄을 얼마나 기다렸는데.

열아홉 살, 행자가 되었다. 아직 승려는 아니었지만 절에 살았고 아직 승려가 아니었기에 일반 학생들과 똑같이 수능 준비를 했다. 물론 예불도 드리고. 세속과

절, 두 세계를 오가던 시절이었다. 그해 겨울 수능을 치르고 대학교에 합격했다. 하지만 나에게 돌아온 건 '장판 때를 묻혀야 한다'는 소식이었다. 이 말은 한자리에 진득하게 붙어 앉아 출가수행자로서의 습을 익혀야 한다는 뜻이다.

노스님의 말씀에 따라 대학교 입학과 동시에 휴학을 하고 화엄사 강원(전통승가대학)에 입방했다. 이곳은 같은 화엄사이지만 내가 그동안 지냈던 학엄사와는 차원이 달랐다. 새벽 예불을 알리는 종을 치다 꾸벅 잠들기도 했고, 모든 것이 차단된 생활을 해야 하는 게 정말 힘들었다. 엄격한 계율 속에서 나는 철저히 '나'라는 숨을 죽여야 했다.

그렇게 1년, 매일 새벽 차가운 바닥에 몸을 굽히고 장판 때를 묻히며 보냈다. 세상의 또래들은 캠퍼스의 낭만을 즐길 때, 나는 오래된 경전 속에서 나를 찾는 씨름을 했다.

'중물이 든다'는 것은 개성을 죽이고 똑같은 색이 되는 과정이 아니었다. 그것은 거친 세속의 욕심과 불필요하게 부유하는 마음을 차분히 가라앉히고, 나 자신으로 서기 위한 단단한 바탕을 만드는 일이었다. 노스님께서 나를 대학교보다 강원으로 먼저 보내신 이유를 그제야 조금 알 것 같았다. 뿌리가 깊지 않은 나무는 봄바람에도 쉽게 흔들리지만, 장판 때를 묻히며 인내를 배운 나무는 어떤 계절이 와도 자신만의 꽃을 피워내기 때문이다.

강원에서의 1년은 내 인생에서 가장 치열하고도 가장 깊숙한 곳으로의 귀환이었다. 세상의 속도에 휩쓸리지 않고 내 숨의 리듬을 지킬 수 있는 성찰의 근육이 아주 단단하게 자라났다.

여행이 가르쳐준 것

절에서는 전통과 계율을 엄격하게 지켜야 한다. 여러 사람이 모여 사는 집합체이기에 질서도 많고 까다롭다. 이곳에서 자란 나이지만 세상에 대한 궁금증이 폭발하던 시기가 있었다. 그런 나에게 노스님과 은사스님께서 의외의 가르침을 주셨다. "체력이 있고 시간이 있을 때 꼭 세상을 보고 오너라. 그래야 이곳에서도 잘 살 수 있다."

서른 살 넘어 처음 인도를 다녀오셨다는 노스님께서 말씀하셨다. 비행기를 타고 다른 문화권의 사람들을 마주했을 때, 우리가 고귀하다고 믿었던 삶이 얼마나 작은 우물 안의 개구리였는지를 깨달으셨다고. 그 파격적인 유연함은 은사스님을 거쳐 내게 '졸업 여행'이라는 이름의 선물로 전해졌다. 스무 살부터 서른 살까지는 마음이 열리는 성장기이니, 책상 앞이 아니라 몸소 세상과 부딪치며 '나'라는 존재를 배워오라는 배려였다.

　그렇게 나는 배낭 하나를 메고 대학교 졸업 여행으로 두 달 반 동안 동남아로 떠났다. 말도 통하지 않는 타국에서 100원을 아끼려 한 시간을 걷고, 버스로 국경을 넘으며 달콤한 자유를 맛보았다.

　가장 신기했던 것은 옷 한 벌이 주는 변화였다. 한국에서는 누구나 나를 승려로 대했지만, 해외에서 평범한 옷을 입고 배낭을 멘 나는 그저 수많은 여행객 중 한 명일 뿐이었다. 나를 규정하던 '승려'라는 틀을 벗어

던지자 내가 여느 대학생과 다를 바 없는 평범한 청년이라는 사실이 선명해졌다. 그 해방감은 형용할 수 없이 컸다. 세상 사람들은 모두 각자의 '절'에 산다. 누군가는 부모라는 절에, 누군가는 직장이라는 계율에, 또 누군가는 타인의 시선이라는 수행에 얽매여 살아간다. 그 안에서 '나는 이래야만 해'라는 검열의 옷을 입고 스스로를 단속한다. 여행은 바로 그 무거운 옷을 잠시 벗어두는 시간이기도 하다.

나는 그곳에서 익명의 시간을 살며 20대의 에너지를 마음껏 쏟아냈다. 경비행기에 몸을 실었을 때의 일이다. 활주로도 없는 풀밭에서 덜컹거리며 이륙하던 순간, 창밖으로 땅이 멀어지면서 나는 생각했다. 지금 이 두려움, 이 설렘. 절에서는 경계해야 할 마음인데, 여기선 그냥 느껴도 된다. 그 허락이 눈물겹도록 좋았다. 내가 젊구나. 나는 20대구나.

무서움이든 설렘이든 내 안의 에너지를 남김없이

연소시키는 과정에서 마음의 궁핍과 한 인간으로서의 갈증이 사라졌다. 또한 나의 '작음'을 확인했다. 익숙한 공간에서는 내가 세상의 중심인 것 같고, 나의 고민이 가장 무거운 짐처럼 느껴지기 마련이다. 하지만 낯선 국경을 넘고 거대한 자연 앞에 서면 내가 얼마나 작은 존재인지, 나의 고민이 얼마나 찰나의 것인지 깨닫게 된다. 그 작아짐을 경험할 때 나의 시야는 확장된다.

아마 궁금한 사람들도 있을 것이다. '속세의 맛'을 보았으니 환속하고 싶은 마음이 들지는 않았는지.

두 달 반의 긴 여행을 마치고 돌아오던 길, 내 안에는 갈등 대신 깊은 안도가 자리 잡았다. '아, 내가 얼마나 큰 보호 속에 편안히 지내왔는가.' 그리고 내가 선택한 이 삶이 얼마나 소중한지, 나를 평범한 청년으로 존중해주신 어른 스님들의 마음이 얼마나 깊은지 보이기 시작했다.

지금의 나는 젊은 승려이지만 밖을 기웃거리거나

무언가에 목말라하지 않는다. 20대의 뜨거운 순간순간을 온몸으로 통과했기에 가능하다.

심장의 떨림을 충분히 겪어본 사람만이 가질 수 있는 평온. 그 해방의 기억이 있기에 나는 이 고요한 산사에서 '지금 이 순간'에 집중하며 살아갈 수 있다. 여행은 내게 일탈이 아니라, 내 삶을 온전히 사랑하기 위해 반드시 통과해야 했던 뜨거운 정진이었다.

스스로를 믿고
스스로를 밝혀야 한다

나는 믿는다.

결국 사람을 살게 하는 건 누군가의 사랑이 아니라 스스로를 아끼는 마음이다. 그 마음이 있는 사람은 버텨낸다. 그리고, 끝내 자신을 건져 올린다.

사람들은 부모 곁을 떠나 절에 들어온 나에게 "불쌍하다", "외롭겠다"라는 말을 수도 없이 했다. 부족한 건 사실이었다. 하지만 그 부족함이 내 삶을 훼손한 적은 없다. 자존감이 낮았던 것도, 애정이 고팠던 것도 아니다. 그저 조금 모자랐을 뿐이다. 부족함이란 채워야 할 결핍이 아니라, 나를 단단하게 만드는 틈이었다. 포기하는 용기도 생겼다. 체념이 아니라, 내가 바꿀 수 없는 것을 인정하는 용기.

부처님께서는 마지막 설법에서 누구도 네 삶을 대신 살아줄 수 없고, 누구의 사랑이나 보호도 영원하지 않으니 스스로를 믿고, 스스로를 밝혀야 한다고 말씀하셨다.

누구 탓도 하지 않고, 어떤 환경에도 매이지 않고, 자신의 삶을 스스로 일으키는 힘. 부족했지만 나는 늘 내 안의 등불을 켰다. 그 빛은 누가 켜준 것도 아니고 세상이 빼앗을 수도 없는 것이었다.

이게 바로 내가 배운 불교이자, 내가 살고 있는 불교다.

3장

실천 없는

말에는

열매가

없다

종교가 아닌 종교,
철학이 아닌 철학◈

"불교는 종교인가요, 아니면 철학인가요?"

사람들은 종종 불교의 정체에 대해 묻는다.

하지만 불교는 그 어느 쪽에도 온전히 갇히지 않는다. 굳이 말하자면 불교는 '종교이면서 종교가 아니고, 철학이면서 철학이 아니다.'

◈　나카자와 신이치 교수의 책, 《불교가 좋다》에서 "불교는 종교가 아닌 종교"라는 통찰과 부처님께서 해석에 그치는 철학을 거부하고 실천을 택하셨다는 내용을 토대로 작성했습니다.

우리가 흔히 아는 종교는 절대적인 신과 인간 사이의 넘을 수 없는 거리를 전제로 한다. 신은 높고 인간은 낮으며, 신은 명령하고 인간은 따르는 수직적인 관계다.

하지만 불교에는 세상을 심판하는 절대자가 없다. 부처님은 신이 아니라, 우리보다 먼저 깨달음의 길을 걸어간 인생의 스승일 뿐이다. 그래서 불교는 신에게 매달리는 '기도'가 아니라 스스로 마음을 들여다보는 '수행'의 길을 걷는다.

그렇다면 불교는 철학일까?

철학은 세상을 논리로 해석하고 정의한다. "세상은 이런 원리로 돌아가는 거야"라고 머리로 이해하려 한다. 하지만 부처님께서는 단지 세상을 해석하는 것에 머물지 않으셨다. 아무리 그럴듯한 생각도 실제의 괴로움을 없애주지는 못하기 때문이다.

그래서 부처님께서는 관념 속에 머무는 철학을 넘어,

직접 발을 내딛고 삶을 변화시키는 실천을 택하셨다.

불교는 틀에 갇히지 않는다. 종교라는 이름에도, 철학이라는 이름에도 완전히 담기지 않는다. 그것은 차라리 세상을 바라보는 투명한 '지혜'이자, 마음을 다루는 섬세한 '기술'에 가깝다.

나와 너, 인간과 자연을 나누지 않고 그저 있는 그대로의 생명으로 서로 마주 보는 따뜻한 시선이다. 어떤 이름에도 묶이지 않기에 불교는 자유롭다.

종교의 믿음과 철학의 지성을 모두 품으면서도, 그 너머의 자유를 향해 열려 있는 길. 그것이 바로 우리가 불교에서 만나는 탁 트인 해방감의 정체다.

수행자는
한 송이 꽃이다

큰 구름이 일어나 온 세상에 두루 퍼져 평등하게 비를
내리되, 그 비를 받는 초목은 각기 그 종류에 따라 적
셔지느니라.

_『묘법연화경』

꽃은 피어나는 순간부터 향기를 품는다. 그리고 그
향기를 누가 맡든 언제 맡든 차별하지 않는다. 지나가
는 나그네에게도, 잠시 쉬어가는 벌에게도, 바람에게

도 똑같이 자신을 내어준다. 꽃은 계산하지 않는다. 그냥 핀다. 그냥 향기를 품는다. 그리고 기약 없이 내어준다.

수행자도 그래야 하지 않을까. 내가 가진 것, 내가 배운 것, 내가 깨달은 조각 들을 기약 없이 내어주는 사람. 누가 알아주든 말든, 그 자리에서 묵묵히 자기 향기를 피워내는 사람.

남의 허물을 살피기보다 오롯이 자신을 비추어 바름과 그름을 살피라.
_『법구경』

『법구경』 속 「화품」은 수행의 길과 그 덕을 향기로운 꽃에 비유해 깊은 깨달음을 전한다.

아직 푸릇하던 사미 시절, 몸은 세속을 떠났지만 마음의 뿌리는 수행의 땅에 온전하게 내리지 못해 흔들리던 때가 있었다. 이 준엄한 가르침 앞에서 나는 바깥으로 향하던 시선을 거두고 내 안의 그림자와 빛을 마주하는 치열한 자기 성찰의 시간을 갖게 되었다. 남이 아닌, 나와 정면으로 마주 앉는 법을 시작한 것이다.

「화품」을 거듭 읽고 새기며 수행이란, 다름 아닌 '늘 깨어 있는 마음으로 스스로를 들여다보는 지극한 정성'임을 깨달았다. 그 정성이 무르익을 때, 수행자의 존재 자체에서 향기가 피어나는 것이라 믿게 되었다. 만약 누군가가 나와의 인연 속에서 작은 평안함과 맑음을 느낀다면 그것이야말로 스승들께서 일러주신 '법향法香', 즉 진리의 향기가 아닐까 감히 헤아려보았다.

그 깨달음은 하나의 간절한 원력願力으로 피어났다. '그래, 나는 향기로운 출가수행자로 살아가리라. 그 어떤 대가도 바라지 않고 묵묵히 피어나는 꽃처럼, 법의 향기를 세상과 나누리.' 이 다짐을 삶의 지표로 삼고자 스스로 '꽃스님'이라고 이름 지었다.

수행자는 한 송이 꽃이며, 마땅히 꽃이 되어야 한다.

대단한 향기를 가진 것은 아니다. 어쩌면 산길 한켠에 피어 있는 이름 모를 들꽃 같은 존재일지도 모른다. 하지만 들꽃에도 향기는 있다. 지나가는 누군가가 문득 걸음을 멈추고 코끝에 스치는 향을 느낄 때, 그 순간 들꽃은 제 역할을 다한 것이다. 꽃은 자신이 누구에게 향기를 주었는지 기억하지 않는다. 꽃은 그저 피어 있을 뿐이다. 그래서 나는 꽃이 되기로 했다.

내가 품은 법의 향기를 만나는 모든 이에게 전하는 향기로운 꽃으로 피어나고자 매일 정진한다.

나에게 건네는
약속

하루의 중심을 잃지 않기 위해 몇 가지 작은 의식을 품고 산다. 삶이라는 흐름 속에 박아둔 말뚝 같다고 할까.

머리를 깎고, 단정히 다린 승복을 걸치고, 햇빛을 담은 듯한 흰 고무신을 신는 일. 그 간단한 동작들이 나를 제자리로 데려온다. 바람이 흔들어놓은 마음도 몇 분 동안은 고요해진다.

어린 시절, 스님이라는 존재가 내게 처음 빛을 내던

순간이 있다.

　노스님.

　말보다 태도로 먼저 길을 내는 분. 풀 먹은 승복, 무릎에 주름 하나 허락하지 않는 옷차림, 온몸을 단정하게 가다듬은 그 모습에서 투명한 힘이 느껴졌다. 말로 설명할 수 없는 울림이 마음속 어딘가를 눌렀던 것 같다.

　그래서일까. 지금의 나를 거울 속에서 마주할 때 가끔 그 시절 기억이 스치듯 지나간다. 소년이 바라보던 그 빛을 어른이 된 내가 아주 조금씩 머금어간다는 사실이 마음을 따뜻하게 만든다. 아, 나는 이 길 위에서 괜찮게 살아가고 있구나. 그런 생각이 조용히 고개를 든다.

　원래라면 보름에 한 번이면 충분한 삭발을 나는 거의 매일 한다. 머리카락이 자라서가 아니라 내 마음이 흐려질 때면 다시 한 번 비워내고 싶어지기 때문이다. 날카로운 바람이 피부를 스칠 때, 다시 처음처럼 서보자는 내 나름의 다짐 같은 것이다.

승복을 입을 때는 또 다른 기운이 생긴다. 천을 어깨에 얹는 순간, 그동안 부스러기처럼 흩어져 있던 마음들이 하나둘 모여 제 모양을 찾는다. 중학생이었던 내가 노스님을 바라보며 느꼈던 경외감, 그 빛 같은 순간이 문득 살아난다. 그리고 마음속에서 조용히 속삭인다.

'지금의 나도, 누군가에게는 그런 어른이 될 수 있을까.'

그런 생각 하나면 나를 다잡기 충분하다.

오늘의 나를, 지금 이 자리의 나를 다시 확인하는 의식. 흩어지지 않기 위해 내가 스스로에게 건네는 작은 약속 같은 것.

폼생폼사

흔히 '폼생폼사'라고 하면 겉멋 든 모습을 떠올리곤 한다. 하지만 나에게 이 말은 조금 다르게 다가온다.

나는 세상에서 가장 훌륭하고 멋진 옷은 명품이 아니라 '유니폼'이라고 생각한다. 유니폼에는 엄중한 자격과 품위가 요구된다.

그 옷에 걸맞은 행동을 하지 못할 때, 혹은 그 자격을 잃었을 때 우리는 더 이상 그 옷을 입을 수 없다. 그래서 유니폼을 입은 사람은 늘 스스로를 경계하고 다듬어야 한다.

긴장감과 책임감이 뿜어내는 아우라, 나는 그것이야말로 '진정한 멋'이라고 생각한다.

나 역시 평생을 유니폼과 함께했다. 한때는 군종장교로서 군복을 입었고, 지금은 승려로서 승복을 입고 있다.

처음부터 이 옷의 무게를 알았던 것은 아니다.

어린 시절, 절이 어떤 곳인지도 모른 채 부모님의 손에 이끌려 동생들과 함께 산문을 넘었다. 나의 의지와는 상관없이 머리를 깎고 승복을 입게 되었다. 몸은 비록 출가하여 승려의 모습을 하고 있었지만, 마음은 그저 '옷을 입혀주니 입은' 상태에 불과했다. 그때의 승복은 진정한 유니폼이 아니라, 몸을 가리는 천 조각이나 다름없었다. 그것은 단지 몸만 절에 와 있는 '신출가身出家'였다.

세월이 흘러 나 자신에게 물었다.

'나는 이 옷을 입을 자격이 있는가?'

그 물음 끝에 다시 한번 발심發心했다.

부모님에 의해서가 아니라 나의 의지로 출가수행자의 길을 걷겠다고 다짐한 것이다. 그것은 내면 깊은 곳에서 이루어진 '두 번째 출가'이자, 마음의 출가인 '심출가心出家'였다. 그제야 내가 입은 승복이 무겁고도 귀하게 느껴지기 시작했다.

이 옷은 단순한 작업복이 아니다. 부처님의 법을 따르고, 세상을 위해 기도하겠다는 서원誓願이 담긴 '출가수행자의 유니폼'이다.

나는 오늘도 옷깃을 여미며 거울을 본다.

이 승복이 부끄럽지 않은 삶을 살고 있는지, 내 마음의 품위가 이 옷의 무게를 견디고 있는지 점검한다. 겉모습Form과 속마음이 일치할 때 완성되는 삶.

출가수행자로서의 자격을 지키며, 품위를 잃지 않

고 살아가는 것. 이것이 내가 생각하는 진정한 '폼생폼
사'의 길이다.

비구들이여, 이제 그대들에게 고하노니, 모든 형성된
것은 무너지는 것이니 게으르지 말고 정진하라.

_『대반열반경』

정리

해야 할 것보다

버릴 것부터 고른다.

하나를 덜면 중요한 게 또렷해진다.

정리는 공간보다 마음을 넓힌다.

일일부작 일일부식

밥 한 끼에는 누군가의 땀과 시간이 들어 있다.

일일부작 일일부식一日不作 一日不食, 그래서 이 말은 "죽도록 일해라"가 아니라 "먹는 만큼 보태라"라는 기준에 가깝다.

오늘 내가 한 작은 일 하나,

친절 한 번,

숨 고르며 마음을 돌봄.

모두 '작作'이다.

잠들기 전에 이렇게 물어보자.

"오늘 이 밥 한 끼만큼은 살았는가?"

삶으로 증명하는
수행

"백 마디 좋은 말보다 스님의 한 걸음에서 환희심이 일어나는 것이 더 값지다."

우리 출가수행자들은 깊은 확신을 담아 이 말을 전한다.

말로 전하는 법문보다 행동으로 드러나는 한 걸음이 더 멀리 울릴 수 있다. 걸음 속에 출가수행자가 평생 쌓아온 수행이 스며 있다면 그 한 걸음만으로도 사람들의 마음 안에 환희심이 깃든다는 뜻이다.

수행은 결국 실천이다.

입으로는 아무리 고운 말을 해도, 행동이 말을 담아내지 못하면 그 말은 금세 바람처럼 흩어진다.

하지만 출가수행자의 걸음걸이에 담긴 단단함, 무게, 평온, 그 모든 것이 드러나는 삶은 말보다 훨씬 강하게 사람의 마음을 움직인다.

그래서 나는 '드러난다'는 것을 중요하게 여긴다. 은은하게 보이고, 자연스레 느껴져야 하는 것. 내가 성실하게 살피는 마음, 내가 기른 성품, 내가 쌓아온 수행이 있다면 그것은 굳이 설명하지 않아도 곁에 있는 사람이 느낄 수 있어야 한다. 말로 알려주는 건 쉽다. 하지만 말하지 않아도 상대가 알아챈다면 그건 삶 자체로 증명하고 있다는 뜻이다.

이름 없는 행동 하나가 법문이 되는 순간들.

잘 익은 열매가 스스로 무게를 견디며 고개를 숙이듯, 깊어진 수행은 요란한 소리를 내지 않고 오직 존재함으로 그 가치를 전한다. 굳이 증명하려 들지 않아도 온몸으로 전해지는 정갈한 기운이 사람을 변화시킨다.

나는 그걸 수행의 가장 아름다운 방식이라고 믿는다.

행하지 않는 사람

빛깔이 곱지만 향기가 없는 아름다운 꽃처럼

잘 설해진 말도 행하지 않는 사람에게는 열매가 없다.

무진장의 비밀

"무진장 고생했다."

"무진장 좋다."

우리가 흔히 쓰는 무진장無盡藏은 원래 불교 용어다. '다함이 없는 창고'라는 뜻이다. 돈이나 물건은 쓰면 사라지는 소모품이지만 우리 마음속 친절, 배려, 지혜는 아무리 써도 줄어들지 않는 '무한 동력'이다.

밖에서 채워지는 것은 언젠가 바닥나게 되어 있다. 그러니 자꾸 밖에서 찾으며 부족함을 느끼지 마라. 우리 안에는 이미 평생을 퍼내어 써도 고갈되지 않는 엄청난 보물 창고가 탑재되어 있으니 말이다.

가장 성능 좋은 자원은 이미 내 안에 있다.
아끼지 말고 꺼내 쓰자.

출격대장부

수행자는 매일 출격한다.

전쟁터에 나가는 군인만 출격하는 것이 아니다. 아침에 눈을 뜨고, 어제의 나를 넘어서겠다고 다짐하며 하루를 시작하는 것. 그것이 수행자의 출격이다.

우리가 싸워야 할 적은 밖에 있지 않다. 탐욕, 분노, 어리석음, 내 안에 도사리고 있는 삼독三毒이 진짜 적이다. 이 적은 보이지 않고 쉬지 않고 끊임없이 마음을 흔든다.

『법구경』에서 부처님께서는 이렇게 말씀하셨다.

전쟁터에서 백만 대군을 이기는 것보다 자기 자신을 이기는 자가 가장 훌륭한 승리자이니라.
_『법구경』

그래서 출가한 수행자를 '대장부大丈夫'라 부른다. 칼을 들고 적진에 뛰어드는 용기를 가진 사람이 대장부가 아니다. 자기 안의 번뇌와 마주하고, 매일 그것을 넘어서겠다고 나서는 것. 그것이 진짜 대장부의 일이다.

나는 매일 아침 출격한다. 거울 앞에 서서 머리를 쓰다듬으며 다짐한다. 오늘도 어제보다 나은 출가수행자가 되겠다고. 쉬운 싸움은 아니다. 하루에도 수십 번 지고, 수십 번 다시 일어선다. 하지만 대장부란 지지 않는 사람이 아니라, 져도 포기하지 않는 사람이다.

출격대장부.

오늘도 나는 나를 이기기 위해 출격한다.

4장

사랑으로

잇다

첫눈에 반한 사람

태어나서 처음이자 마지막으로 첫눈에 반한 사람이 있다. 빛이 났다. 형용할 수 없는 아우라가 있었다.

하얀 피부에, 365일 정돈된 옷차림, 게다가 잘생겼다. 우리 화엄사의 주지스님이셨던 노스님, 종삼스님이다.

노스님은 내가 스님으로 살아가야겠다고 발심을 했을 때 나의 롤모델이 된 분이다. 거짓말하지 않고, 가면 쓰고 하는 소리 하지 않고, 보이는 위의威儀만으로도 환희심을 일으키는 분. 내가 생각하는 출가수행자의 상이다. 내가 늘 풀 먹인 승복을 입고 하얀 양말과 흰 고무신을 고집하게 된 이유다. 겉으로 보이는 게 전부는 아니지만 매일 자신의 몸을 가다듬는 자세가 수행의 시작이라 생각한다.

노스님은 화엄사 안에서도 '폼생폼사'로 통했다. 걸음 하나, 손끝 하나 흐트러짐이 없었다. 카리스마 넘쳤고 아무리 가까운 사람 앞에서도 농담을 잘 하지 않았다. 그런 스님, 무섭고 다가가기 어려운 스님.

하지만 단정함이 너무 오래 이어지면 누구나 지치는 법이다. 하루 종일 사람들을 지도하고, 사찰의 일들을 돌보다 보면 어딘가 내려놓을 자리가 필요하다. 그런데 노스님에게는 그런 자리가 거의 없었다. 늘 어른이었고, 늘 중심이었다.

어느 날, 동생 범주와 내가 방에 있을 때였다. 밖에

서 노스님이 누구를 꾸짖는 소리가 들렸다. 단호하고 냉정한 목소리였다. 잠시 후 문이 열리고 그분이 들어 오셨다.

늘 흐트러짐 없는 분이 우리 방에만 들어오면 완전 히 달라졌다. 양말을 벗어 제끼고는 "너는 오른손. 너 는 왼손" 하며 누우시는 거였다. 그리고 우리에게 안마 를 시키셨다. 처음엔 어색했다. 열다섯 살짜리 손으로 스님의 다리를 주무르는 게 과연 시원할까 싶었다.

그런데 노스님은 매번 같은 말씀을 하셨다.

"너희가 해주는 안마가 시원해서 받는 게 아니야. 사람은 말이야, 이렇게 잦은 스킨십 속에서 정이 쌓이 는 거란다. 그러니 이제부터 나는 너희랑 정을 쌓아보 려고 한다."

그 후로도 꽤 오랫동안 스님은 안마를 시키셨다. 그 게 의식처럼, 일상의 일부처럼 되어 있었다. 귀찮기도 하고, 발바닥을 만지는 게 꺼려졌던 그 시간이 점점 따뜻했다. 안마를 하러 들어가면 스님이 지그시 웃으며 우리를 바라보는 그 표정이 난 좋았다. "우리 범정이 왔어" 하고 웃어주는 모습이 너무 좋았다.

안마를 마치고 나른해져 "이제 난 좀 자야겠다. 불 끄고 얼른 나가라" 하시면 우리는 절을 하고 나갔다. 역시나 좋았다. 내가 좋아하는 스님이 오늘도 편히 주무시는구나.

언젠가부터는 스님의 늘어가는 주름도 보이기 시작했다. 눈앞에 계시든 안 계시든 별일 없으신가 걱정도 하게 됐다. 한참 후에야 이런 게 사랑이라는 걸 깨달았다.

말을 하지 않아도 전해지는 게 있다.

노스님의 눈빛과 태도, 우리에게 보이던 관심에는 무언의 언어가 있었다. 말보다 먼저 도착하는 온기, 행동으로 전하는 믿음. 정이라는 건, 사랑이라는 건 가르쳐서 생기는 게 아니다. 함께 있는 시간 속에서 조용히 번진다. 말없이 손을 얹는 그 순간, 노스님은 나를 한 '사람'으로 바라보고 계셨다.

은사스님과 나

지금 화엄사의 주지스님은 나의 은사스님, 우석스님이다. 나는 은사스님의 첫 번째 상좌다. 이 절에 들어온 나를 맡아 키워주신 분이다.

노스님은 결정이 빠르고 바로 행하고 아니다 싶으면 뒤를 돌아보지 않는다. 그게 그분의 방식이었다.

그럴 때마다 가장 곤란한 사람은 우리 은사스님이었다. 성격이 정반대다. 무엇이든 한 번 더 생각하고, 계획을 세우고, 돈이 어떻게 쓰이는지, 일의 순서가 맞는지까지 꼼꼼히 따져보는 분이다.

하지만 그분은 한 번도 노스님께 의견을 내지 않았다. 스승이 시키면 제자는 그저 따랐다.

그렇게 평생을 사신 분이다. 어린 나이에 절에 들어와 강한 스승 밑에서 단 한 번도 대든 적이 없다. 부모라면 한 번쯤 맞서기라도 했겠지만 그분은 그러지 않았다. 그저 묵묵히, 자신의 일처럼 감내했다. 그게 은사 스님의 방식이자 품격이었다.

상좌를 대하는 것도 남달랐다. 가끔 아주 뜬금없이 말씀하셨다.

"여행 다녀와라. 승복 벗고."

"한두 달쯤 해외로 나가서 계획을 세워보고 와라."

"공부는 안 해도 된다. 대신 운동을 하고, 사람을 만나고, 세상을 좀 봐라."

다른 스님들의 가르침과는 달랐다. 내 또래 스님들의 은사스님들은 늘 경전 공부, 참선, 수행을 강조했다. 그런데 은사스님은 정반대였다. 공부보다, 수행보다 먼저 말씀하셨다.

"좋은 스님이 되기 전에, 좋은 사람이 되어라."

은사스님은 내가 사람이 되는 과정을 지켜보고 계셨던 것이다.

자꾸 나를 밖으로 내보내 세상을 보고, 사람을 보고, 나를 보게 하신 거다.

은사스님은 말 대신 기회를 주고, 통제 대신 여백을 남겼다. 나는 그 여백 속에서 배웠다. 진짜 스승은 길을 정해주는 사람이 아니라, 길을 걸을 수 있는 '자유'를 허락하는 사람이라는 걸.

어느 날, 은사스님이 갑자기 방으로 들어오시더니 아무 말 없이 나를 끌어안았다.

"정원아, 사랑한다."

그게 처음이자 마지막 스님의 표현이었다.

지금 나의 상좌들을 보면서 나는 두 스님을 떠올린다.

두 사랑이 내 안에 함께 있다.

나를
마주하는 시간

　나에게도 상좌들이 생겼다. '상좌'는 불교에서 스승의 법을 이어받는 제자를 뜻한다. 단순히 지식을 전수받는 게 아니라, 스승을 부모처럼 모시며 그 삶의 궤적을 함께하는 인연이다. 그래서 상좌를 받는 일은 더없이 신중해야 한다. 그것은 한 사람의 수행은 물론, 그 인생 전체를 곁에서 지켜보고 책임지겠다는 무거운 약속이기 때문이다.

　상좌는 절에서 생활하며 스승과 모든 일상을 공유

한다. 함께 예불을 올리고, 공양을 하고, 도량을 청소하고, 글을 읽는다. 그 과정 속에서 불교의 교리만을 배우는 것이 아니다. 스승이 세상을 대하는 태도, 평상시의 숨소리, 흔들리는 마음을 다스리는 법까지도 그대로 몸에 익힌다. 상좌는 스승이 앞서 걸어간 발자국을 하나씩 밟으며 그 깊이만큼 자라난다. 그렇기에 이 관계는 가르치고 배우는 자를 넘어, 서로의 삶이 포개지는 일이다.

아이들의 눈망울을 가만히 들여다보고 있으면 가끔 오래전 내 모습이 거울처럼 비친다. 세상의 눈치를 살피고, 마음이 약해 곧잘 눈물을 보였던 어린 시절의 나. 어른 스님들의 서늘한 눈빛 사이에서 조심스레 보폭을 맞추며 자라던 그때 내 모습이 아이들의 어깨 위로 겹쳐 보였다. 밤마다 동생의 손을 꼭 잡고 소리 죽여 울던 기억도 문득 스쳐 지나갔다.

나는 아이들을 연민의 눈으로 보지 않는다. 그런 태도 또한 오만이다. 내가 할 일은 아이들이 스스로의 무게를 견디며 자기만의 색깔을 찾아갈 수 있도록 곁을 지키는 것뿐이다.

처음에는 부담이 컸다. 내가 과연 누군가에게 '스님'이라는 존재로 불릴 수 있는지, 길을 찾는 누군가에게 지표가 될 자격이 있는지 스스로에게 묻고 또 물었다. 그러나 이제는 안다. 제자를 키우는 일은 스승이 완벽해서 하는 것이 아니라, 함께 길을 걸으며 서로의 부족함을 채워가는 과정임을 말이다.

나는 아이들을 가르치는 것이 아니라 아이들을 보며 내 안에 여전히 남아 있는 서툰 나를 달래고 가르치는 중이다. 내가 상좌들을 품는 시간만큼 나는 나를 온전히 이해하고 받아들일 수 있다.

아이들이 내 발자국을 밟고 자라듯, 나 또한 아이들의 맑은 시선을 이정표 삼아 다시 한 걸음 내딛는다.

피를 나눈 도반

선한 벗을 만나는 것이 수행의 전부이니라. 선한 벗이
있으면 팔정도를 닦아 행할 수 있느니라.
_『잡아함경』

우리는 삼 남매였다.

한 지붕 아래 살던 시절, 공기처럼 서로에게 당연했
다. 시시콜콜하게 다투고, 언제 그랬냐는 듯 한 상에서
밥을 먹고, 네 것과 내 것을 가르며 아웅다웅했다. 그

때의 우린 그저 피를 나눈 형제였을 뿐, 서로를 특별히 보듬거나 챙겨야 한다는 생각은 크게 해본 적도 없는 평범한 아이들이었다.

그런데 절에 오면서 모든 것이 달라졌다.

맏이인 나와 막내 범주는 함께 화엄사로 출가했다. 둘째 현태는 여자아이라 비구 절인 화엄사에서는 함께할 수 없었다. 고등학교를 졸업한 뒤 본인이 원하면 비구니로 출가하는 것으로 했다.

출가 첫날부터 어깨 위에 보이지 않는 짐이 얹혔다. 화엄사라는 거대한 도량의 엄격함 속에서, 내 친동생이자 이제는 같은 스승을 모시는 사제師弟가 된 범주를 챙겨야 한다는 압박감과 책임감이 나를 눌렀다.

그때는 몰랐다. 내가 동생을 챙기는 줄 알았는데, 사실은 우리가 서로를 챙기고 있었다는 것을.

범주는 이제 내 곁에서 묵묵히 수행하는 든든한 도

반이 되었다. 둘째 현태 역시 고등학교를 마치자마자 삭발을 하고 산으로 들어왔다. 앞서 걷는 오빠와 남동생의 뒷모습을 보며, 자신도 그 길에 발을 맞추고 싶었다고 했다.

지금 우리 삼 남매는 서로에게 선지식이다. 도반으로서 함께 정진하고, 형제로서 서로를 걱정하고, 때로는 스승처럼 바른말을 해주고, 때로는 친구처럼 웃고 떠든다.

돌이켜보면 집에서 함께 살 때보다 지금이 더 가깝다. 그때는 그냥 같이 있었을 뿐이다. 지금은 같은 방향을 바라보며 함께 걷고 있다.

내 삶에서 가장 큰 의지처이자, 때로는 엄한 스승이자, 때로는 편한 벗인 사람들. 그런 인연이 피를 나눈 동생들이라는 것. 너무 감사하다.

범주야, 현태야.

같이 가자, 끝까지.

향기가 머무는 거리

사람 사이의 관계는 은은한 꽃향기와 같아서

너무 가까이 다가서면 향이 짙어 부담스럽고

너무 멀어지면 그 향기를 느낄 수 없다.

서로에게 기분 좋은 향기로 남을 수 있는

적당한 거리를 유지하는 것이

곧 나를 지키는 길이다.

말의 무게

뱉은 말은 주워 담을 수 없다.

사과해도 들은 사람의 기억엔 남는다.

"그냥 한 말인데"라고 하지만

그 '그냥'이 누군가에겐 생채기이다.

말은 무료가 아니다.

내뱉는 순간 값을 치른다.

상대가 아니라 내 신뢰로,

말하기 전에 한번 멈춰보자.

이게 돌아와도 괜찮은 말인지.

가볍게 뱉은 말이

가장 무거운 짐이 된다.

따뜻한 경계선

사람 사이에 '선을 긋는다'라는 표현을 경계의 기술처럼 이야기한다. 차갑게, 혹은 적당한 거리의 온도를 조절하는 문제처럼 말한다.

나는 그 표현이 늘 조금 아쉽다. 경계란 선 하나를 긋고 마는 일이 아니다. 선을 긋는 순간 마음은 닫히고, 관계는 단정되기 쉽다.

내가 생각하는 경계는 그와는 조금 다르다. 경계란 선을 긋는 기술이 아니라, 나와 타인을 지키기 위한 마음의 방향에 가깝다. 내가 어디까지 할 수 있는지, 어디부터는 할 수 없는지를 알아차리고 상대에게 정직하게 말할 용기. 그 용기 속에는 상대를 탓하거나 밀어내려는 마음이 아니라 오히려 상대와 나를 모두 지키고자 하는 애정이 있다.

차갑게 끊어내는 것은 방어에 가깝다. 상처가 많거나 마음이 지쳐 있을수록 빨리 베어내고 싶어 한다. 하지만 그 '단칼의 단절'은 오히려 나를 베기도 한다.

나는 선을 긋는다는 말 대신 '나를 이해하는 힘'을 경계의 다른 이름으로 부르고 싶다. 그 알아차림 위에 자연스럽게 만들어지는 거리가 진짜 나를 지키고, 상대도 다치지 않게 하는 경계다. 따뜻한 말 한마디보다 때로는 그 '거리'가 더 큰 사랑이 될 때가 있다. 그 거리는 선 하나로만 만들어지는 것이 아니라 내 마음을 돌보는 과정 전체에서 자연스럽게 형성된다.

내가 나를 바라보는 시간이 깊어질수록 '나'라는 사람의 테두리는 저절로 선명해진다. 마음이 단단하게 자리를 잡으면 타인에게 무리하게 밀려들어가거나 타인을 불필요하게 밀어낼 필요가 없다. 그때 경계는 '벽'이 아니라 내가 지닌 자연스러운 '윤곽'으로 자리한다. 이 윤곽은 차갑지 않다. 이 윤곽은 따뜻하다. 나와 타인을 동시에 지켜주는 부드러운 선이다.

소유하지 않는 사랑

사랑은 소유가 아니다. 우리가 습관처럼 내뱉는 "사랑해"라는 말 속에는 종종 "내 곁에 있어줘"라는 소유욕 짙은 갈망이 숨어 있다. 하지만 내가 생각하는 사랑의 문법은 조금 다르다. 네가 행복하면 나도 기쁘고, 네가 힘들면 기꺼이 곁을 내어주며, 설령 네가 떠나더라도 너의 길을 미워하지 않는 것. 그것이 사랑의 본모습에 가깝다.

마치 어머니가 목숨을 걸고 외아들을 보호하듯, 모든 생명 있는 것에 대해서 한량없는 자비의 마음을 일으키라.

_『숫타니파타』

사랑한다면서 상대를 내 뜻대로 움직이려 하고, 내 기대대로 살아주길 바라는 것은 사랑이 아니라 집착이다. 집착은 서로를 옥죄어 결국 숨 막히게 한다.

연꽃은 진흙 속에서 피어나지만 진흙에 물들지 않는다. 사랑도 그래야 하지 않을까. 함께하되 서로를 물들이려 하지 않는 것. 가까이 있되 서로의 자리를 밟지 않는 것. 그래서 진짜 사랑은 "같이 있자"가 아니라 "같이 가자"이다.

같은 방향을 바라보며 각자의 걸음으로 나란히 걷는 것. 속도가 달라도 기다려주고, 넘어지면 일으켜주는 것.

나는 오늘도 앞서 걷는 스님들의 뒷모습을 보며, 나

의 뒤를 따라 걷는 상좌들을 생각하며 스미듯 배운다.

소유하지 않는 사랑만이 우리를 참된 동행으로 이끈다

는 사실을.

기대라는 빚

기대는 내가 혼자 꾼 빚이다.

상대는 빌린 적도 없는데
나 혼자 갚으라고 다그친다.
돌아오지 않으면 섭섭하고
적게 돌아오면 배신이라 부른다.

하지만 처음부터 상대는 약속한 적이 없다.

빚은 내가 만들었고

독촉장도 내가 보냈다.

기대를 내려놓는 건

관계를 포기하는 게 아니다.

없는 빚을 지우는 것이다.

돌아오면 감사,

아니어도 괜찮은 것.

자비

'자비慈悲'라는 말을 들으면 흔히 따뜻한 봉사나 누군가를 돕는 선한 행동을 떠올린다. 개중에는 높은 곳에 있는 사람이 낮은 곳에 있는 사람에게 베푸는 시혜적인 태도라고 오해하기도 한다.

한자를 가만히 들여다보자. 사랑 자慈와 슬플 비悲.
사랑과 슬픔이 나란히 어깨를 맞대고 있는 단어라니, 참 묘하고도 아름다운 모순 아닌가.

진정한 자비는 단순히 좋은 것을 건네는 행위가 아니다. 그것은 나의 사랑뿐만 아니라 나의 가장 깊숙한 곳의 슬픔과 고통, 때로는 지질한 괴로움까지 당신에게 내보일 수 있는 '용기'를 뜻한다.

우리는 본능적으로 약한 모습을 감추려 애쓰며 살아가지만, 역설적이게도 나의 아픔을 투명하게 드러내는 순간 나와 당신 사이의 견고했던 벽은 소리 없이 허물어진다. 자비는 바로 그 무장 해제의 순간에서 시작된다.

자비란 상대의 환희와 사랑뿐 아니라, 그가 짊어진 눅눅한 슬픔까지 있는 그대로 받아주는 마음이다. 여기에는 그 어떤 각주도, 조건도 붙어선 안 된다.

"저 사람은 그래서 슬픈 거야."

"이건 네가 잘못 생각한 거야."

섣부른 '평가'와 날선 '판단'을 거두고, 그저 그 사람의 파도를 내 바다에 온전히 담아내는 것.

그의 슬픔이 내 슬픔으로 공명하여 울릴 때까지 묵

묵히 곁을 지키는 일.

나에게 자비는 일방적으로 건네는 손길이 아니라, 나를 여는 치열한 '용기'이자 타인을 안아주는 깊은 '수용'이다.

사랑과 슬픔이 만나는 그 아릿한 지점.

우리는 그곳에서 타인이 아닌 '우리'가 된다.

자비는 결국 실천

떠오르는 사람이 있는가.

지금 안부 한 통이
그 사람의 밤을 밝힐 수 있다.

자비는 생각이 아니라
행동으로 완성된다.

떨림이 울림이 되기까지

여수 향일암 시절이었다.

향일암은 주말이면 사람이 넘쳐났다. 특히 여름 휴
가철이면, 바다에서 몰려온 파도처럼 인파가 절 마당을
채웠다. 그럴 때면 은사스님께서는 아주 뜬금없이, 아
무런 예고도 없이 마이크를 들고 오시더니 태연하게 내
손에 쥐어주셨다.

"법문해."

준비 시간? 음악? 공지?

그런 건 단 한 번도 없었다. 스님께서는 그냥 나를 사람들 앞에 '툭' 던지셨다. 말 그대로 법문 버스킹이었다. 수많은 사람들 앞에서 마이크를 잡는 순간 손이 저릿하게 떨렸다. 마음을 진정시키려고 해도 떨림은 더 커졌다. 그렇게 덜덜거리는 손으로 마이크를 붙잡고 "제가⋯ 오늘 법문을⋯ 시작하겠습니다⋯" 하고 말을 이어갔다.

말을 하고 돌아오면 늘 비슷했다. 체감으로는 30분은 한 것 같은데, 나중에 시간을 보면 겨우 3분. 스님께서는 이 무모한 버스킹을 멈추지 않으셨다. 마이크 잡는 법을 익히고, 사람들 앞에서 떨지 않으며, 머릿속 생각을 말로 꺼내놓는 연습을 하라고 말이다.

그러다 어느 날부터는 나의 라이브 법문을 영상으로 찍어서 보내라는 숙제까지 내주셨다. 처음엔 당혹스러웠지만, 이상하게도 싫지 않았다. 긴장을 뚫고 나온 내 목소리가 허공에 퍼지며 '나도 누군가에게 무언가를 전달할 수 있는 사람이구나'라는 아주 작은 확신이 자라났다.

향일암 바닷바람 앞에서 단련된 '3분 법문'이 씨앗이 되었던 것일까. 그때의 떨림은 이제 SNS을 통해 세상과 소통하는 용기로 바뀌었다. 은사스님께서 예고 없이 내 손에 쥐어주셨던 그 마이크는, 스마트폰이라는 무한한 광장으로 확장되었다.

지금 나는 SNS를 통해 대중과 만난다. 향일암의 마당이 스마트폰 화면으로 바뀌었을 뿐, 본질은 같다. 정해진 형식이나 장엄한 의식 없이, 삶의 한가운데서 사람들의 마음에 마음을 건네는 것. 그것이 지금 이 시대에 필요한 '길 위에서 나누는 법문'이라고 믿는다.

가끔 화면 너머의 수많은 사람을 마주할 때면 여전히 향일암의 그 시린 손 떨림이 떠오른다. 은사스님께서는 알고 계셨던 것 같다. 진짜 포교는 엄숙한 법당 안에서만 일어나는 것이 아니라 사람들 사이에 섞여 들어가는 생생한 현장 속에서 시작된다는 것을.

향일암 바다에서 시작된 나의 작은 법문은 이제 SNS라는 물줄기를 타고 더 넓은 세상으로 흐르고 있다. 그 무거운 마이크가, 이제는 누군가의 텅 빈 마음을 채워주는 다정한 울림이 되기를 바라며 나는 오늘도 SNS로 부처님의 말씀을 전한다.

틀림이 아닌 다름

다르다는 것은 틀리다는 것이 아니다.

우리는 나와 다른 사람을 만나면 불편해한다. "왜 저래?", "이해가 안 돼", "그건 틀린 거야." 하지만 '다름'과 '틀림'은 전혀 다른 말이다. 틀림은 정답이 있을 때 쓰는 말이고, 다름은 각자의 길이 있을 때 쓰는 말이다.

나는 일체 중생을 보는데, 모두가 부처의 자녀이니

라. 다만 깊고 얕은 인연에 따라 이르는 때가 다를 뿐이니라.

_『묘법연화경』

같은 법문을 들어도 어떤 이는 크게 깨닫고, 어떤 이는 아직 때가 아니라 그냥 지나친다. 이는 잘못이 아니라 단지 다를 뿐이다.

나는 사람들과 대화할 때 이 점을 마음에 둔다.

"이 사람은 나와 다른 삶을 살아왔구나."

"다른 경험 속에서 다른 생각을 갖게 되었구나."

그렇게 생각하면 상대를 고치려는 마음이 줄어든다. 내가 옳다고 우기는 대신 "그렇게도 볼 수 있겠네"라고 말할 수 있게 된다.

세상은 다양한 꽃들이 함께 피어야 아름다운 정원이 된다. 모든 꽃이 장미일 필요는 없다.

다른 길, 같은 곳

군종장교로 훈련소에 들어가던 날, 승복이 아닌 군복으로 나의 옷이 바뀌었다.

같은 기수에 목사님 몇 분, 신부님 몇 분이 계셨다. 낯설었다. 절에서만 살아온 나에게 '다른 종교인'이란 그저 멀리서 스쳐 지나가는 존재였다. 솔직히 말하면, 경계심이 있었다. 모시는 분도 다르고 읽는 경전도 다르고 기도하는 방식도 다르니까.

훈련을 함께 받고 밥을 함께 먹고 밤에는 같은 생활

관에서 잠을 잤다. 종교 단지에 배치되어서는 사찰 옆에 성당이, 성당 옆에 교회가 있었다. 매일 얼굴을 마주쳤다.

『숫타니파타』에서 부처님께서는 이렇게 말씀하셨다.

세상의 어떤 견해에도 집착하지 않고, 계율과 지혜로 스스로를 살피며, 그 어떤 것에도 의지하여 머무는 일이 없다.

_『숫타니파타』

시간이 지나며 눈이 열렸다.

미사를 드리러 오는 병사들의 눈빛, 예배를 마치고 나가는 이들의 표정, 법당에 앉아 두 손 모으는 병사들의 모습. 그 안에 담긴 마음은 다르지 않았다. 힘들어서 왔고, 기댈 곳이 필요해서 왔고, 잠시라도 고요해지고 싶어서 왔다. 목사님도, 신부님도, 그 마음을 알고 계셨다. 방법이 달랐을 뿐, 그들을 위하는 마음의 결은 같았다.

그제야 알았다. 내가 경계했던 것은 '다른 종교'가 아니라 '다름' 그 자체였다는 것을. 다름을 틀림으로 여기는 마음, 그것이 내 시야를 좁게 만들었다는 것을.

어느 날 세 종교의 가르침을 나란히 놓고 본 적이 있다. 부처님께서는 말씀하셨다.

일체 중생이 행복하기를, 평안하기를, 마음이 편안하기를.
_『숫타니파타』

예수님께서는 말씀하셨다.

네 이웃을 네 몸과 같이 사랑하라.
_『마태복음』

그리고 또 이런 말씀도 있다.

서로 사랑하라. 내가 너희를 사랑한 것같이 너희도 서
로 사랑하라.
_『요한복음』

부르는 이름은 달랐다. 교회에서는 하나님이라 부
르고, 성당에서는 하느님이라 부르며, 우리는 부처님이
라 부른다. 경전도 다르고 예배와 미사, 예불의 형식도
다르다.

하지만 그 모든 가르침의 끝에는 같은 말이 있었다.
사랑하라. 자비를 베풀라. 이웃을 내 몸처럼 여기라.

모습이 달랐을 뿐, 방향은 같았다.

옷이 달랐을 뿐, 마음은 같았다.

군 생활을 하는 이들은 대부분 스무 살 안팎이었다.

누군가는 말했다. "요즘 MZ세대들은 문제가 많아

요." 처음에는 그런가 싶었다. 하지만 가까이 다가갈수록 생각이 바뀌었다. 이 친구들에게 정말 문제가 있는 걸까?

부모도 '이 아이'를 키우는 것은 처음이다. 둘째를 키워봤다 해도, 이 아이와의 인연은 처음이다. 모두가 처음이고, 모두가 서툴다. 잘해보려고 애쓰다가 익숙해졌다고 착각하고, 가까워졌다고 믿으며 정작 보아야 할 것을 놓친다.

분노를 분노 없음으로 이기고, 악을 선으로 이기고, 인색함을 베풂으로 이기고, 거짓을 진실로 이기라.
_『법구경』

그 장막을 걷어내면 별것 없었다. 기대라고 생각한 것이 집착이었고, 걱정이라고 믿은 것이 통제였다. 결국 모든 사람은 같다. 나이가 달라도, 성별이 달라도, 계급이 달라도. 본마음은 누구나 연하다. 다만 알아주는 이가 없어 문에 빗장을 걸었을 뿐. 천천히, 천천히 다가가면 그 빗장이 열린다. 열리고 나면 보인다. 큰 문제는 없었다. 그저 보살핌이 필요했을 뿐이다.

어느 날 법당에 나오던 병사 하나가 교회에 가보겠다고 했다. 옆에서 누군가 말했다.

"스님, 아이들이 절에 더 나오게 해야지, 왜 그냥 두세요?"

나는 웃으며 대답했다.

"좋은 선택이네."

그 말을 이해 못 하는 눈빛이 돌아왔다.

나는 그 병사에게 이렇게 말한 적이 있다.

"어느 종교를 갖느냐는 중요하지 않아. 네가 왜 이곳에 왔는지, 그 이유를 생각할 수 있으면 돼. 하나님이든 하느님이든 부처님이든, 결국 그 모든 가르침은 네가 조금 더 행복해지고, 조금 더 편안해지기 위한 거야. 지금은 여러 곳을 경험해봐. 목사님 말씀도 들어보고,

신부님 말씀도 들어보고, 스님 말씀도 들어봐. 그래야 나중에 진짜 필요할 때 스스로 찾아갈 수 있으니까."

부처님께서는 『중아함경』에서 뗏목의 비유를 드셨다.

뗏목의 비유를 아는 자는, 법도 버려야 하거늘 하물며 비법이랴.
_『중아함경』

강을 건너기 위해 뗏목이 필요하지만, 강을 건넌 뒤에는 뗏목을 머리에 이고 다닐 필요가 없다. 종교도 그렇지 않을까. 삶이라는 강을 건너는 데 도움이 되는 뗏목. 어떤 뗏목을 타느냐보다 그 뗏목으로 어디를 향해 가느냐가 중요하다.

나는 이 친구들이 누군가에게 의지해서 용기를 얻는 것보다 스스로 헤쳐 나갈 수 있다는 신념이 먼저 자리 잡길 바랐다. 그 신념 위에 서서 살다가 언젠가 지치고 길을 잃었을 때 다시 찾아오면 된다. 아프면 병원을 찾듯, 마음이 아플 때 찾아갈 곳을 미리 알아두는 것. 그것이 내가 생각하는 종교의 쓰임이다. '종교宗教'라는 말의 뜻처럼 가장 으뜸되는 가르침이어야 한다. 으뜸이란 가장 높은 것이 아니라, 가장 필요할 때 가장 가까이 있는 것이라고 나는 생각한다.

군종장교 시절, 나는 비로소 승려로서의 '쓰임'을 고민하게 되었다. 절에만 있을 때는 불교가 전부였다. 그런데 목사님, 신부님과 함께 지내며, 다른 믿음을 가진 이들을 만나며, 오히려 불교가 더 선명해졌다. 부처님께서 말씀하신 '집착하지 말라'는 가르침이, '자기 자신을 등불로 삼으라'는 가르침이, 그 자리에서 비로소 살아 움직였다.

같은 하늘 아래 서 있다.

서 있는 자리는 다르지만, 올려다보는 하늘은 같다.

그 시절이 나를 여기까지 오게 했다.

5장

평범한 하루가 꽃같이 피어나다

평범

평범하다는 말이 싫었던 적이 있다.

특별하고 싶었다. 남들과 다르고 싶었다. "저 사람은 뭔가 달라"라는 말을 듣고 싶었다. 평범하다는 건 눈에 띄지 않는다는 뜻 같았고, 그게 왠지 부족한 것처럼 느껴졌다. 그런데 수행을 하면 할수록 생각이 바뀌었다.

스스로를 섬처럼 여기고, 스스로를 의지처로 삼아라.

다른 것을 의지처로 삼지 말라.

_『대반열반경』

특별해지려고 애쓰는 마음 뒤에는 늘 비교가 있었다. 남보다 나아야 하고, 남보다 빛나야 하고, 남보다 인정받아야 한다는 마음. 그 마음이 나를 지치게 했다.

평범하다는 것은 부족한 것이 아니다. 똑같이 밥 먹고, 똑같이 잠자고, 똑같이 흔들리고, 똑같이 넘어진다. 수행자라고 해서 다르지 않다. 다만 그 평범한 하루를 어떻게 살아가느냐가 다를 뿐이다.

아침에 눈을 뜨는 것. 평범하다.

밥을 먹는 것. 평범하다.

누군가와 인사를 나누는 것. 평범하다.

하루를 마치고 잠자리에 드는 것. 평범하다.

하지만 그 평범한 순간들을 흘려보내지 않고 하나

하나 마음을 담아 살아간다면, 그것이 바로 수행이다. 화려한 깨달음이 따로 있는 것이 아니다. 평범한 하루를 평범하게 사는 것. 그것이 출가수행자의 길이라고 나는 생각한다.

만약 사람이 삼세 일체 부처를 알고자 하면, 마땅히 법계의 성품을 관할지니, 일체는 오직 마음이 짓는 바이니라.
_『대방광불화엄경』

평범한 하루 속에 온 우주가 담겨 있다. 평범한 '나' 속에 부처가 담겨 있다. 그것을 알아차리는 것이 깨달음이다.

이제는 평범하다는 말이 좋다. 특별해지려고 애쓰기보다 평범한 자리에서 묵묵히 제 역할을 다하는 사람. 눈에 띄려 하지 않아도 그 자리에서 빛나는 사람.

그런 평범한 출가수행자가 되고 싶다.

그러고 보니, 은사 스님께서 지어주신 내 법명 '범정凡鼎'의 첫 글자도 '무릇 범凡'이다. 평범하다는 뜻을 품고 있다.

은사 스님, 다 알고 계셨나 보다.

나의 작은 스승

아이들을 가만 바라본다.

구르는 낙엽 하나에도 까르르, 스치는 바람결에도 몸을 맡기며 웃음이 터진다. 무엇이 저토록 환희로운가 싶어 유심히 들여다보지만, 거기엔 인과가 없다. 그저 달리니까 즐겁고, 즐거우니 웃을 뿐이다. 아이들의 웃음은 샘물처럼 스스로 솟구친다. 웃음이라는 씨앗을 툭 건드리기만 해도 환한 기쁨을 터트린다. 제 안의 빛을 사방으로 흩뿌린다.

어른이 된 우리의 얼굴은 어떠한가.

언제부터인가 웃음에도 '납득할 만한 이유'를 요구하기 시작했다. 행복이라는 감정에 덕지덕지 무거운 조건들이 붙었다. 통장에 잔고가 채워져야, 남들에게 인정받는 자리에 올라야, 불안한 미래가 해결되어야 웃을 자격이 생긴다고 믿는다. 철저한 '행복의 상인'이 되어버렸다. 현재의 기쁨을 미래의 성취와 맞바꾸고, 행복을 삶의 끝자락 어딘가로 끊임없이 유예한다. 오늘의 햇살은 시시해 보이고, 고단한 조건을 통과해야만 얻어지는 보상만이 진짜 행복이라 착각하면서.

아이들을 가만 보라.

그들은 세상을 해석하거나 재단하지 않는다. 판단과 분별이 끼어들 틈 없이, 눈앞의 생을 직관으로 받아들이고 온몸으로 반응한다.

이유 없이 기뻐하는 힘.

그 투명하고 무해한 에너지가 불심이자, 본래의 마

음이다. 출가수행자들이 그토록 찾고자 헤매는 진리란, 어쩌면 경전 속에 있는 것이 아니라 아이들의 해맑은 무구함 속에 이미 완성되어 있는지도 모른다.

행복은 외부에서 채굴해와야 하는 희귀한 자원이 아니다. 겹겹이 껴입은 욕망과 조건이라는 두꺼운 외투를 벗어 던질 때, 그 안에서 본래 빛나고 있던 것이 드러나는 과정일 뿐이다.

살면서 끊임없이 무언가를 배워야 한다고 믿지만, 삶을 대하는 태도만큼은 다시 아이가 되어야 한다. 무언가가 '되어서' 행복한 것이 아니라, 존재하는 그 자체만으로 이미 충만한 상태.

너무나 쉽게 행복해지는 이 작은 스승들에게서 배운다.

원만합니다

"어떻게 지내세요?"

누군가 안부를 물으면 나는 이렇게 답한다.

"원만합니다."

좋다고도, 나쁘다고도 하지 않는다. 그냥 원만하다.

처음에는 그저 스님들이 쓰는 표현이라 따라 썼다.

그런데 쓰면 쓸수록 이 말이 참 좋다는 걸 알게 되었다.

"잘 지내요"라고 하면 뭔가 좋은 일만 있어야 할

것 같다. "그냥 그래요"라고 하면 왠지 힘들어 보인다. 하지만 "원만합니다"는 다르다. 좋은 일도 있고, 힘든 일도 있지만, 그 모든 것이 둥글게 흘러가고 있다는 뜻이다.

화엄에서는 '원융圓融'을 말한다. 모든 것이 둥글게 어우러져 걸림이 없다는 뜻이다.

원만圓滿. 둥글 원圓, 찰 만滿.

둥글다는 것은 모난 데가 없다는 뜻이다. 찼다는 것은 부족함이 없다는 뜻이다. 완벽해서가 아니라 있는 그대로 충분하다는 것이다.

인생에 좋은 일만 있는 사람은 없다. 나쁜 일만 있는 사람도 없다. 기쁨과 슬픔, 만남과 이별, 성공과 실패가 섞여서 흘러간다. 그것을 둥글게 받아들일 때 우리는 원만해진다.

원만하다는 것은 문제가 없다는 뜻이 아니다. 문제가 있어도 흔들리지 않겠다는 다짐이다. 일이 잘 풀리든 안 풀리든 그 안에서 나를 잃지 않겠다는 태도다.

나도 매일 원만하지는 못하다. 흔들리고, 화나고, 지칠 때가 있다. 하지만 "원만합니다"라고 말할 때마다 그 말이 나를 다시 둥글게 다듬어주는 것 같다.

말이 마음을 만들기도 한다.

그래서 오늘도 누군가 안부를 물으면 답한다.

"원만합니다."

그 한마디가 오늘 하루를 둥글게 굴려준다.

다행

"행복이 뭐예요? 진정한 행복은 어디에 있나요?"

과거에도, 지금도, 앞으로도 사람들에게서 결코 떨어지지 않을 질문일 것이다. 행복이라 믿었는데 알고 보니 그렇지 않고, 행복한 줄 알았는데 금세 찾아오는 불행. 참 묘하다. 잡힐 듯 가까우면서도 자꾸 손가락 사이로 빠져나가는 것이 행복이다.

불교에서 말하는 행복은 일반적인 사람들이 추구하는 행복과는 조금 다르다.

건강은 가장 큰 이익이요, 만족은 가장 큰 재산이며,
신뢰는 가장 가까운 친척이요, 열반은 가장 큰 행복
이다.

_『법구경』

괴롭지 않을 때, 마음이 고요할 때 우리는 행복에
가까워진다. 그래서 출가는 종종 '궁극의 행복으로 가
는 길'이라고 표현되기도 한다. 물론 모든 사람이 출가
를 하고 수행을 해야 한다는 뜻은 아니다. 다만 익숙함
의 틀을 잠시 벗어나 자신의 마음을 보살피려는 애정과
노력이 있다면, 누구든 알 수 있는 깨달음의 조각을 만
난다. 부처님께서 말씀하신 '깨달음'은 그렇게 특별한
것만은 아니다.

'다행多幸'이라는 말 속에는 이미 큰 복이 담겨 있
다. 많을 다多, 행복 행幸. 정확한 어원은 모르더라도,
우리가 일상에서 "아, 다행이다"라고 느끼는 순간이야
말로 진정한 안도의 숨, 그리고 부처님께서 말씀하시는

행복의 자리와 맞닿아 있다.

　나는 예전에 불가마 사우나를 참 좋아했다. 너무 뜨겁다 못해 어떤 사람들은 차가운 식혜를 들고 와 갈증을 달래곤 했다. 불교에서는 세상을 '고해苦海'라고 말한다. 고통의 바다, 괴로움이 기본값인 곳이 바로 우리가 살아가는 세상이라는 뜻이다. 그런 세상에서 쾌락을 행복이라 이름 붙여 추구하면, 결국 더 큰 괴로움을 낳기 쉽다.

　뜨거운 사우나에서 덥다고 부채질을 하고 에어컨을 켠다 한들 무슨 의미가 있을까. 우리는 사우나 같은 세상에서 일을 하고 돈을 벌며 부채와 에어컨을 사는 것을 인생의 목표로 삼는다. 하지만 사우나에서 가장 현명한 사람은 그 자리를 박차고 일어나 밖으로 나가는 사람이라는 것을, 사실 모두 알고 있다.

　그럼에도 중생은 쾌락의 유혹을 선택한다. 내가 보기엔, 그것이 우리의 솔직한 모습이다.

모든 사람이, 모든 스님이 바로 그 자리에서 일어나 성불할 수 있는 것은 아니다. 그래서 우리에게는 일상 속 명상과 수행이라는 '길 위의 도구들'이 있다. 사우나에 계속 머물러야 한다면, 부채와 에어컨을 찾기보다 먼저 해야 할 일은 호흡을 조절하는 것이다. 너무 깊게 들이마시면 더 뜨거워지니, 조심스레 가볍게 들이쉬고 내쉬는 것이 첫 번째다.

그다음은 외부의 자극에 쉽게 반응하지 않는 것이다. 누가 시비를 건다고 곧장 반응하면 몸과 마음의 열이 다시 치솟아 괴로움이 더해진다. 가능하면 반응을 줄이고, 평온을 유지하려는 노력이 필요하다. 뜨거움 속에서 평온을 지키는 것, 그것이 바로 세상살이의 지혜다. 명상은 그 지혜를 훈련하는 방법이다. 세상의 뜨거움 한가운데서 숨을 고르고, 흔들리지 않는 나를 만들어가는 힘. 그게 바로 '다행'의 마음을 잃지 않는 길이다.

매 순간 처음처럼

과거심도 얻을 수 없고, 현재심도 얻을 수 없고, 미래심
도 얻을 수 없다.

_『금강반야바라밀경』

　매일의 일상은 우리에게 익숙함을 선물하는 동시
에, 그 익숙함이라는 부드러운 장막 뒤로 소중함과 감
사의 빛을 서서히 가려버린다. 서서히 모든 것이 당연
해지는 순간이 오고 만다.

불교에는 '반조返照'라는 깨어 있는 시선이 있다. 그것은 흘러가는 순간순간을 놓치지 않고 비추어보는 일이며, 그 빛은 가장 먼저 '나'라는 존재의 심연을 향한다. 흔히 어떤 현상이나 관계를 마주할 때 '당연하지', '원래 그래'라는 낡고 익숙한 틀에 가두려 한다. 그러나 반조의 태도는 이 틀에서 벗어나 늘 의심하고 점검하는 마음을 요구한다.

불교에서 말하는 의심은 부정이 아니라 '멈추어 살펴라'라는 뜻이다. 굳어버린 생각을 지속하는 것은 위험하다. 만물은 끊임없이 흘러가는 강물과 같기 때문이다. 같은 사람이라도 상황과 장소가 바뀌면 마음의 결이 달라지고 태도가 달라진다.

그러니 내 곁의 사람을 단정 짓는 오만을 버려야 한다. 가족이라서, 친구라서, 연인이니까, 내일도 오늘과 같을 것이라 믿는 안일함을 걷어내는 것. 어제의 그가 아닌 오늘의 그를 새롭게 발견해내는 것. 그것이 바로 생을 정중하게 대하는 수행자의 자세다.

나 역시 당연함의 덫에 걸리지 않으려 매일 마음의 날을 세운다. 애를 써보아도 놓치고 지나치는 순간들이 훨씬 많아 때로는 자책이 밀려오기도 한다. 하지만 아무런 저항 없이 관성에 젖어가는 것보다 비틀거리더라도 다시 제자리를 찾는 분투가 아름답다고 믿는다. 그래서 오늘도 마음의 끝자락을 붙잡고 화두처럼 되뇐다.

"매 순간이 처음이다."

처음의 마음으로 바라볼 때, 관계는 날것의 생동감을 얻는다. 곁에 있는 사람이 당연한 풍경이 아니라 귀한 선물로 다가오고 그 사람이 내 곁에 존재한다는, 그 경이로운 사실 앞에 두 손을 모으게 된다.

마음의 거울을 닦다 보면, 비대해졌던 자아는 작아지고 겸손이 스며든다. 나를 넘어 세상의 모든 인연을

정성껏 대할 수밖에 없는 마음. 매 순간을 처음처럼 살

아내는 사람만이 도달할 수 있는 곳이다.

평가와 판단을
거둘 수 있다면

사람은 저마다 다른 모양의 우주를 품고 산다. 그런데도 우리는 자꾸만 타인의 우주를 곁눈질하며 내 것과 비교하려 든다. 서로 닮고 싶어 애쓰고, 비슷해져야 안심하며, 좁은 틈바구니에서 기어이 우열을 가려낸다. 끊임없는 비교의 끝에는 날카로운 '평가'와 차가운 '판단'이 도사리고 있다.

심지어 마음을 쉬게 하려는 명상의 순간조차 습관처럼 자신에게 점수를 매긴다. 눈을 감고 호흡에 집중하라는 안내를 들으면서도, 속으로는 끊임없이 채점표를 들이미는 것이다.

"왜 자꾸 잡생각이 들지?"

"남들은 다 평온하다는데, 나는 왜 이렇게 산만할까?"

"오늘 명상은 망쳤어."

나를 돌보러 들어간 내면의 방에서조차 우리는 감시자가 되어 자신을 혼내고 있다. 하지만 『대념처경』을 보면 그 어디에도 "잘해야 한다"거나 "집중하지 못하면 실패"라는 말은 적혀 있지 않다.

몸에서 몸을, 느낌에서 느낌을, 마음에서 마음을, 법에서 법을 관찰하며 머물되, 세상에 대한 좋아하고 싫어하는 마음을 버리면서 분명히 알아차리고 마음 챙기는 자 되어 머물라.

_『대념처경』

부처님은 그저 관찰하며 머물라고 하셨다. 좋고 싫다는 분별심, 즉 '이건 잘한 명상이고 저건 못한 명상'이라는 판단 자체를 내려놓으라는 뜻이다.

명상은 무언가를 성취하는 투쟁이 아니다. 명상은 지켜보는 연습이다. 잘하려고 애쓰는 마음, 불안해하는 마음, 이겨내고 싶은 마음… 그 모든 것들이 내 안의 주인이 아니라 잠시 스쳐가는 손님임을 알아보는 일이다.

"아, 지금 내게 '잘하고 싶다'는 욕심이 찾아왔구나."

"지금 '불안'이라는 감정이 잠시 머물다 가는구나."

하늘에 구름이 무심히 흘러가듯 감정과 생각을 그저 바라보는 것이다. 구름을 손으로 잡으려 하거나 억지로 치우려 할 필요는 없다. "저기 구름이 있네" 하고 알아차리면 그만이다.

있는 그대로 알아차리는 힘이 생기면 감정의 소용돌이에 속수무책으로 휩쓸리지 않게 된다. 화가 나도 불같이 타오르지 않고 슬픔이 와도 깊은 늪에 빠지지 않는다. 감정이 머무는 시간이 조금씩 짧아지고 다시 평온으로 돌아오는 탄성을 갖게 된다. 그것이 바로 지혜다.

자신을 향한 엄격한 채점을 멈추자. 무언가를 억지로 없애려 애쓰지 말고, "왜 안 될까"라며 다그치지도 말고, 그저 마음이 일어났음을 조용히 끄덕여주자.

평가하고 판단하려는 마음을 가장 먼저 내려놓는 것이 나를 괴로움에서 건져 올리는 마음챙김의 시작이다.

겸손의 의미

지혜로운 사람은 스스로 높이지 않고, 남과 다투지 않으며, 세상의 어떤 것에도 집착하지 않는다.

_『숫타니파타』

말이 길어질수록 진심은 흩어지고, 확신에 찬 목소리는 종종 소음이 된다. 우리는 자신의 존재를 증명하기 위해 너무 많은 말을 쏟아내지만, 귀를 막고 자기 소리만 내는 순간 정작 가장 소중한 것들은 점차 사라진다.

사람들은 흔히 겸손을 '자신을 낮추는 미덕'이라 말한다. 하지만 내가 정의하는 겸손은 조금 다르다. 그것은 억지로 허리를 굽히는 비굴함이 아니라, 내 안에서 비대해진 '나'라는 덩어리를 기꺼이 바닥에 내려놓는 '내면의 기술'이다.

부처님의 시선에서 보면 겸손은 '나를 지우는 일'이다. 나라는 아집을 내려놓을 때 타인을 담을 수 있는 빈 공간이 생겨나기 때문이다. 그래서 진정한 겸손은 뒷걸음질치며 "저는 부족해요"라고 말하는 것이 아니라, 담백하게 손을 내밀며 이렇게 말하는 힘이다.

"내가 옳아" 대신 "네 이야기도 들어볼게."

"나를 봐줘" 대신 "우리 함께 가는 게 더 멋지지 않아?"

겸손은 관계를 여는 열쇠이자, 가장 세련된 소통의 방식이다. 그리고 겸손의 완성은 결국 '한결같음'에 있다.

친구에게 보여주는 얼굴과 상사에게 보여주는 얼굴, 가족을 대하는 태도와 낯선 이를 대하는 태도. 이 모든 모습이 다르지 않은 것. 대상에 따라 가면을 바꿔 쓰지 않는 일관성이야말로 내가 생각하는 겸손의 본질이다.

내가 절에서 봐왔던 멋진 스님들의 삶이 그러했다. 그분들은 단지 기도를 많이 하는 분들이 아니었다. 마음과 말, 그리고 행동이 서로 어긋나지 않고 하나의 선으로 이어지는 삶. 억지로 무언가를 꾸미려 하지 않고, 흔들리는 마음조차 가만히 응시하며 수용하는 자세. 누구를 만나든 상대를 가리지 않고 올곧게 대하는 태도에서 나는 깊은 울림을 받았다.

나는 그 정직한 삶의 태도를 닮고 싶다. 안주하지 않기. 하루에도 수십 번 내 마음의 결을 살피기. 지금 걷는 이 길이 나에게 맞는 길인지 끊임없이 점검하기.

그렇게 치열하게 쌓아가는 시간들이 모여 출가수행자의 나이테인 법랍法臘이 된다. 진정한 겸손은 나와 나의 일치, 그리고 나와 세상의 일치 속에서 조용히 싹을 틔운다. 그렇게 피어난 꽃을 오래도록 간직하고 싶다.

생각보다
느낌대로

타인의 시선이라는 거울은 나의 마음을 자주 요란하게 만든다.

누군가는 나에게 "생각이 너무 많다"라고 했고, 다른 누군가는 "신중해서 좋다"라고 했다. 어떤 이는 "추진력이 참 좋다"라고 칭찬했고, 또 어떤 이는 "성격이 급하다"라고 했다. 다양한 말들 사이에서 나는 자주 혼란스러웠다. 도대체 나는 어떤 사람일까. 나는 어떻게 행동해야 하는 걸까.

가만히 지나온 길을 복기해본다.

치열하게 고민했던 밤들이 방향을 잡아준 적은 있었으나, 오직 '생각'만으로 매듭이 풀린 적은 거의 없었다. 생각이 꼬리에 꼬리를 물어 나를 괴롭힐 때, 나를 벗어나게 한 것은 역설적이게도 생각을 멈추고 내딛는 가벼운 발걸음이었다. 그것이 설령 어려운 길이라 할지라도 머무르기보다는 움직이는 쪽을 택했다. 세상에 단 하나의 정답이란 존재하지 않기 때문이다. 만약 삶에 정해진 답안지가 있다면, 우리 모두는 이미 그 좁은 길 위에 줄 서 있었을 것이다. 하지만 그 누구도 '이것만이 길이다'라고 단정할 수 없다. 사람마다 보폭이 다르고, 각자가 마주한 계절이 다르니까.

세상은 정답을 찾아 헤매는 미로가 아니다. 자기만의 길 위에서 마주치는 풍경들을 얼마나 유연하게 받아들이고, 묵묵히 걸어 나가느냐에 달린 문제다. 사람들은 그 결과만을 두고 편의상 '정답'이라 부르거나 '실패'라 부를 뿐이다.

아무리 좋은 말이라도 실천하지 않으면 꽃은 아름다
워도 향기 없는 것과 같다.
_『법구경』

부처님께서도 중생에게 완성된 답안지를 쥐어주신
적이 없다. 단지 우리가 묻는 물음에 길을 비춰주는 등
불이 되어주셨을 뿐이다. "이것은 맞고, 저것은 틀리
다" 하고 재단하는 것이 아니라, 스스로 걸어갈 수 있
도록 방향을 일러주는 것이 참된 가르침의 본질이기 때
문이다.

관념의 성에 갇혀서는 아무것도 시작되지 않는다.
두려움을 뚫고 발을 내딛는 그 한 걸음, 그 찰나의 순
간이 바로 진정한 수행의 시작이다.
고민보다는 실천을, 망설임보다는 경험을.

삶에서 중요한 것은 '얼마나 깊이 생각했는가'가 아니라 '그 생각이 나를 어디로 데려다 놓았는가'이다. 나는 머릿속에 갇힌 차가운 결론보다 움직이며 얻는 뜨거운 체험과 감각을 믿는다.

생각보다 느낌대로. 이것이 내가 흔들리며 배워온, 가장 솔직하고 단단한 지혜다.

심心자 가족들

관심, 분심, 탐심, 의심, 시심, 교심, 만심…

마음 심 자가 붙으면 다 복잡해진다.

누군가에게 관심을 가지면 좋은 일인 줄 알았는데,
지나치면 집착이 된다. 의심은 수행에 필요하다지만,
방향이 틀어지면 불신이 된다. 분심은 나를 태우고, 탐
심은 나를 굶주리게 한다.

참 묘하다. 마음이라는 글자 하나 붙었을 뿐인데,
왜 이렇게 다루기 어려운 것들만 모였을까.

『법구경』에서 부처님께서는 이렇게 말씀하셨다.

마음이 모든 것의 근본이니, 마음이 이끄는 대로 말하고 행동한다. 맑은 마음으로 행하면 즐거움이 따르기를 그림자처럼 하느니라.

_『법구경』

결국 문제는 '심' 앞에 무엇이 붙느냐가 아니다. 그 마음을 어떻게 다루느냐다. 그래서 나는 요즘 새로운 심 자 가족을 만들어보려 한다.

관심 대신 '살핌심'. 상대를 캐묻는 게 아니라 조용히 살펴보는 마음.

분심 대신 '쉼심'. 화가 올라올 때 잠시 멈추고 쉬어가는 마음.

탐심 대신 '넉넉심'. 더 가지려는 마음 대신 이미 충분하다고 느끼는 마음.

물론 내 맘대로 만든 말이다. 경전에는 없다.

하지만 어떤 심을 품느냐에 따라 하루가 달라지고, 그 하루가 모여 한 사람의 삶이 된다.

오늘 내 마음에는 어떤 심 자가 붙어 있는가.

잠시 멈추고 살펴본다. 그것이 오늘 나의 수행이다.

그냥 조금씩 매일 했을 뿐

꿈은 거창한 도약이 아니라 작은 걸음의 축적이다.

사람들은 성공한 이들을 보며 말한다. "저 사람은 특별해서 가능했겠지." 하지만 내가 만나본 멋진 사람들은 하나같이 비슷한 말을 했다.

"그냥 매일 조금씩 했을 뿐이에요."

『법구경』에서 부처님께서는 이렇게 말씀하셨다.

물방울이 모여 물동이를 채우듯, 지혜로운 사람은 조

금씩 선을 쌓아 마침내 선으로 가득 차게 된다.

_『법구경』

부처님께서도 한순간에 깨달으신 게 아니다. 수많은 생을 거쳐 조금씩 수행을 쌓아오셨다. 보리수 아래의 깨달음은 긴 시간의 작은 실천들이 모여 피운 꽃이었다.

나도 출가 초기에는 조급했다. 빨리 깨닫고 싶고, 빨리 훌륭한 승려가 되고 싶었다. 하지만 출가수행자로서의 시간을 지내며 알게 되었다. 수행은 단거리 경주가 아니라 마라톤이라는 것을.

지금 내가 하는 일은 거창하지 않다. 스승인 부처님을 향한 공경의 마음을 거르지 않는 것. 하루에 한 번은 고요히 앉아 스스로를 살피는 것. 만나는 사람에게 진심으로 인사하는 것. 이 작은 것들이 쌓여 1년이 되고, 10년이 되고, 법랍이 된다.

꿈을 이루는 비결은 의외로 단순하다. 매일 할 수 있는 작은 일을 정하고, 그것을 그만두지 않는 것. 그 걸음이 모여 길이 되고, 그 길 끝에 당신이 꿈꾸던 자리가 있을 것이다.

정진

대단한 게 아니다.
어제 관둘 뻔했는데
오늘 또 하고 있으면
그게 정진이다.

안 되는 것도 과정이다

마음먹은 대로 안 된다.

그래서 속상하다.

그런데 생각해보면

마음먹은 대로 됐어도

또 다른 걱정이 생겼을 것이다.

뜻대로 안 된 그 자리에서 배우는 게 있다.

안 되는 것도 과정이다.

이 순간에 최선을

나는 지금의 감정, 지금의 상태, 지금의 선택을 중요하게 여긴다.

그래서 가끔 예전에 나를 찍은 영상을 보면 지금의 내가 소중하게 여기는 것과 그때의 내가 소중하게 여긴 것이 다르기도 하다. 부정하진 않는다. 그때의 나는 그때의 마음으로 할 수 있는 최선의 선택을 하고 있기 때문이다.

과거는 후회의 대상이 아니라 지금의 나에게 작은

미소를 건네는 창고 같은 곳이다.

미래도 크게 믿지 않는다. 오지 않은 시간을 미리 걱정하며 지금을 희생할 이유를 모르겠다. 아직 도착하지 않은 기쁨에 들떠 지금의 고요를 흔들 필요도 없다. 그래서 나는 지금을 산다.

누군가 나에게 묻곤 한다.

"스님으로 사는 거, 후회 안 하세요?"

승려가 되고, 절에서 살고 있으니 '앞으로 어떻게 이 삶을 지속해야 하지?'라고 생각하면 힘들 수밖에 없다. 하지만 나는 매일 아침 눈을 뜰 때 이렇게 묻는다.

'오늘 이 하루가 내 삶에서 최고의 선택인가?'

이 질문 하나가 하루를 값지게 만든다. 오늘의 내가 이루는 작은 꿈이기 때문이다. 꿈을 저 멀리 10년 뒤에 걸어두면 10년에 한 번 꿈을 이룰까 말까 한다. 하지만 꿈을 매일 이룬다면, 하루가 달라지고 그 하루가 쌓여 삶이 달라진다.

나는 매일 하루씩 꿈을 이루는 삶을 택했다. 이 방식이 나에게는 훨씬 견고한 힘을 준다.

1년 365일이 찬란한 건 아니다. 어떤 날은 흔들리고, 어떤 날은 마음이 탁해지기도 한다. 그러나 그조차도 스스로 돌아보게 만드는 재료일 뿐 나를 부러뜨리는 이유는 아니다. 반조하고, 의심하고, 다시 바라보고 난 뒤 결국 나는 오늘의 삶을 선택한다. 출가수행자로 사는 오늘이 다시 한 번 내게 최선의 자리임을 확인한다.

'승려'라는 옷에 안주해서 사는 삶, '이제 와서 뭘 하겠어'라는 마음으로 습관처럼 승복을 붙드는 삶은 내가 가장 두려워하는 삶이다. 그건 수행이 아니라 머무름이고, 고요가 아니라 정체다. 그렇게는 살 자신이 없다. 그래서 나는 루틴을 만든다. 생각은 공중에서 흩어지지만 실천은 발바닥에 무게를 실어준다. 아주 작은 행동 하나가 하루를 지탱하는 기둥이 되고 그 하루가 모여 지금의 나를 만든다. 결국 수행이란 찰나의 선택을 끝까지 정성스럽게 이어 붙이는 일일지도 모른다.

　오늘의 나는 오늘의 선택으로 살고,

　내일의 나는 내일의 선택으로 산다.

　그 단순한 사실이 나를 한 걸음씩 앞으로 움직이게

한다.

오늘도 수고한 나에게

수고하셨습니다.

흔히 쓰는 인사이지만
원래 뜻을 보면 다르다.

받을 수受, 괴로울 고苦
괴로움을 받았다는 뜻이다.
힘든 일을 겪고도

여기까지 온 사람에게 건네는 말.

수고했다는 건
잘했다는 말이 아니다.
버텼다는 말이다.

오늘 하루를 마무리하며
나에게 한번 건네자.

"수고했다."

찰나를 사는
인간일 뿐

나이 얘기를 하면 나는 잠시 머뭇거린다. 가식이나 신비주의가 아니라, 내 나이를 잊고 살 때가 정말 많기 때문이다. 세상에 자기 나이를 모르고 사는 사람이 어디 있느냐며 의아해하겠지만, 나라고 해서 세상과 인연을 끊고 사는 것은 아니다. 나 역시 유튜브를 보고, 대중과 소통하며 그들이 아는 만큼 세상을 읽는다. 다만, 내 삶의 기준점이 조금 다를 뿐이다.

불교에는 '찰나생 찰나멸刹那生 刹那滅'이라는 말이 있다. 초 단위보다 더 미세하게 쪼개놓은 시간의 단위인 '찰나'에도 무언가는 태어나고 무언가는 사라진다는 뜻이다. 우리가 보고 듣고 말하는 이 짧은 순간에도 시간은 멈추지 않고 흐른다. 고정된 것은 아무것도 없다. 모든 것은 늘 흐르는 강물 같다.

그래서 수행자에게 가장 중요한 점은 과거도 미래도 아닌, 바로 '지금'에 있다. 나는 오직 지금의 나만 보고 산다. 내게 있어 미래의 나를 걱정하거나 과거의 나를 후회하는 일은 매우 비효율적이고 비합리적인 에너지 낭비다.

원리는 간단하다. 지금의 내가 행복해야, 찰나의 순간마다 소멸하며 쌓여가는 나의 '과거'가 행복한 데이터로 저장된다. 지금 내가 괜찮아야, 찰나의 순간마다 새로 태어나는 나의 '미래'가 기대되는 법이다.

우리는 얼마나 자주 보장되지 않은 미래를 위해 현재의 고통을 정당화하는가. "나중을 위해 지금은 좀 힘들어도 돼", "미래를 위해 지금은 좀 참아." 하지만 생각해보라. 괴로움과 우울함으로 점철된 현재들이 차곡차곡 쌓여 과거가 되는데, 어떻게 어두운 과거를 바탕으로 밝은 미래가 태어날 수 있겠는가? 불교적 해석으로 본다면 그것은 불가능에 가깝다.

결국 지금 이 순간의 나를 행복하게 만드는 것이야말로, 내 인생 전체를 구제하는 바른 길이다. 그렇게 지금 이 찰나에만 온전히 집중하며 살다 보니, 어느덧 내게 나이라는 숫자는 중요하지 않게 되었다.

나이를 먹는 대신 찰나의 행복을 먹는다. 지금 이 순간 내가 웃고 있다면, 나의 과거는 방금 눈부신 기억이 되고 나의 미래는 다시 설레는 시작을 준비하고 있을 것이다.

어떤 존재도
홀로 피어나지 못한다

은사스님은 꽉 쥐지도 않고 과하게 풀지도 않는다. 그렇다고 무관심도 아니다. 딱 필요한 만큼의 거리, 딱 필요한 만큼의 신뢰. 그게 스님의 '사랑' 방식이다.

사찰 안에서 자란 동진출가 스님들은 대부분 결핍이 많다고들 한다. 하고 싶은 게 있어도 "출가수행자는 그러면 안 된다"라는 말을 더 많이 듣고, 조심하고 자제하며 크다 보니 마음 한쪽이 쉽게 굳어 버린다. 물론 수행 안에서 극복할 수 있는 부분도 있지만, 우리도 결국 사람이다. 무언가를 계속 억누르기만 해서는 마음이 단단해지지 않는다. 나는 그걸 누구보다 잘 안다.

그 현실을 가장 먼저 깨준 분이 은사스님이다. 하지 말라는 것이 쌓여 만들어지는 허전함을 누구보다 잘 아셨던 것 같다. 그래서 자신의 상좌들에게만큼은 그 틀을 조금 더 느슨하게 해주고 싶으셨던 모양이다. 그 과정에서 은사스님에 대한 우려가 많았지만, 은사스님의 대답은 항상 같았다.

"내 상좌는 내가 알아서 키웁니다."

흔들리지 않는 태도였다. 고집이 아니라 확신이었다. 스님께서는 늘 일관된 마음을 보여주셨고, 나는 그 마음을 오래도록 느꼈다.

스님께서 내게 가르쳐주신 건 수행의 기술이 아니라 사람을 키우는 마음, 흔들리지 않는 신뢰, 그리고 묻지 않아도 느껴지는 사랑이다.

그 사랑 덕분에 나는 지금의 내가 될 수 있었다. 그런 환경을 내 앞에 펼쳐주시지 않았다면, 지금 나의 사고방식은 절대 생겨날 수 없었다. 그래서 나는 지금까지의 내 인생에 대해 "내가 혼자 잘해서 그렇다"라고 절대 말할 수 없다.

어떤 존재도 홀로 피어나지 못한다. 꽃이 피는 데에는 흙과 비와 햇빛과 바람이 모두 필요하듯이, 사람 또한 혼자서는 절대로 한 조각의 열매도 맺지 못한다. 세상에 나 홀로 잘 사는 삶이란 없다. 열심히 했다고 해서 결과가 곧장 따라오는 것도 아니고, 아무리 뛰어난 능력이 있어도 도와주는 손길 하나 없으면 겨우 문턱조차 넘기 어렵다.

그런 점에서 내게 주어진 복은 분명했다. 인연이라고 해도 좋다. 그 중심에는 언제나 두 분 스님이 계신다. 노스님, 은사스님. 그리고 그분들이 터전을 닦고 지켜온 화엄사. 그 인연이 아니었다면 나는 아마 삶과 수행 모두에서 자꾸만 벽에 부딪치는 사람이 되었을지 모른다. 그 인연 덕분에 멍울진 마음을 풀어낼 수 있었다. 그 시간들이 지금도 내 수행을 지탱하는 큰 힘이 된다. 풍경처럼 잔잔하지만, 매일의 마음을 반듯하게 잡아주는 힘.

더 넓은 곳으로 갈 수 있도록 조용히 문을 열어주는 것, 지켜보되 간섭하지 않는 것, 기회를 주되 강요하지 않는 것.

내가 배운 사랑을 이제 돌려줄 차례다.

우리는
서로의 거울이자 길

수행은 결국 혼자만의 일이 아니다.

아무리 깊이 들여다봐도, 마음은 늘 관계 속에서 드
러난다.

나는 오랫동안 나를 다듬는 데 집중해왔다. 화가 올
라오는 순간을 붙잡고, 사라지는 마음을 끝까지 바라
보고, 나라는 사람의 결을 알아가는 데 시간을 써왔다.
그런데 어느 순간부터 수행은 다른 얼굴로 다가왔다.

'나는 이제 혼자 걷는 사람이 아니다.'

누군가의 눈에 내가 길이 되고, 누군가의 하루에 내가 기준이 될 수 있는 자리. 그때부터 수행은 더 이상 내 마음만의 문제가 아니었다. 내가 서 있는 방식, 말하는 태도, 침묵의 온도까지 모두 누군가에게 전해질 수 있다는 사실이 조용히, 그러나 분명하게 다가왔다. 그리고 그 중심에 나의 상좌들이 있었다.

처음 상좌를 맞이했을 때, 내가 타인의 삶을 책임질 자격이 있는 사람인지 오래 묻고 또 물었다.

'나는 가르칠 만큼 단단한가.'
'나는 기댈 만큼 흔들리지 않는가.'

답은 늘 생각보다 앞에 있었다. 고민이 끝나기 전에 인연이 먼저 손을 내밀었다. 나는 그 손을 붙잡았다.

가르치겠다는 마음보다 그저 같이 걸어보자는 마음이 앞섰다.

나의 상좌들은 이제 '책임'이라는 말로는 설명되지 않는 존재가 되었다. 가르치는 사람과 배우는 사람이라는 구분도 중요하지 않다. 그들은 내 수행의 거울이다. 나의 흐트러짐을 그대로 비추고 나의 단단함을 그대로 흡수한다. 부족함을 숨길 수 없고, 변화는 애써 설명하지 않아도 전해진다.

그래서 상좌들에게 가장 강조하는 것은 불교의 교리도, 수행의 방법도 아니다. 성실함, 정직함 그리고 스스로를 정돈하는 힘, 이게 전부다. 이 세 가지는 공부보다 앞서는 바탕이다. 인간으로서의 기본기가 서 있으면 어떤 길에서도 쉽게 무너지지 않는다. 이건 결국 나에게 하는 말이기도 하다.

사람은 무엇으로 성장하는가.

함께 살아보니 알게 되었다. 곁을 내어주고, 시간을 함께 건너갈 때 변한다. 누군가를 품는 건 결코 쉬운 일이 아니지만, 그 과정이 나를 더 단단하게 만들고 동시에 더 부드럽게 만든다.

나는 책임을 증명하기 위해 이 자리에 있는 게 아니다. 내가 받은 사랑을 다시 흘려보내기 위해 여기 있다.

이곳은 나의 수행이 머무는 하나의 회향처다.

회향의 시간

불교에는 '회향廻向'이라는 근사한 마무리가 있다. 자기가 힘써 닦은 공덕을 다른 이에게 기꺼이 돌려준다는 뜻이다.

우리는 매일 마음을 닦고, 무언가를 배우며 치열하게 수행한다. 하지만 그 모든 노력의 끝이 고작 '나 혼자의 안온함'에 그친다면 어쩐지 좀 쓸쓸하지 않은가. 고인 물이 끝내 탁해지듯, 좋은 에너지도 나라는 그릇 안에만 가둬두면 투명한 빛을 잃고 만다.

회향은 내가 켜놓은 촛불로 옆 사람의 심지에 불을 옮겨 붙이는 일과 같다. 불을 나누어준다고 해서 내 불빛이 희미해지던가? 아니다. 오히려 방 안은 두 배, 세 배 더 환해진다.

이처럼 내가 얻은 평온, 내가 깨달은 작은 지혜, 내가 느낀 벅찬 행복을 움켜쥐지 않고 세상으로 흘려보내는 것. 그것이 바로 회향의 본질이다. 그렇기에 이것은 결코 거창한 일이 아니다.

오늘 엘리베이터에서 마주친 이웃에게 건넨 다정한 눈인사,

힘겨워하는 동료의 푸념을 어떤 판단도 없이 묵묵히 들어준 시간,

보도블록 틈에 핀 꽃을 보며 생명의 경이로움을 느낀 찰나의 마음.

이 소소한 순간들을 소중히 갈무리해 "이 좋은 마

음이 당신에게도 닿기를" 하고 바라는 것. 바로 그곳에 삶 속의 회향이 살아 숨 쉰다.

진정한 수행의 완성은 고요한 산속이 아니라, 복작거리는 사람들 사이에서 이루어진다. 나에게서 시작된 선한 마음이 돌고 돌아 결국 다시 나에게로, 그리고 우리 모두에게로 스며드는 것. 우리는 그 아름다운 순환의 고리 안에서 살아가고 있다.

부디 이 글을 읽는 당신의 하루 끝에도 나에게서 너에게로 번지는 따뜻한 회향의 마음이 머물기를.

사랑을 알아 참 다행이다

초판 1쇄 인쇄 2026년 3월 23일
초판 1쇄 발행 2026년 4월 1일

지은이 꽃스님
펴낸이 최순영

출판1 본부장 한수미
와이즈 팀장 김혜영
편집 김혜영
디자인 홍세연

펴낸곳 ㈜위즈덤하우스 **출판등록** 2000년 5월 23일 제13-1071호
주소 서울특별시 마포구 양화로 19 합정오피스빌딩 17층
전화 02) 2179-5600 **홈페이지** www.wisdomhouse.co.kr

ⓒ 꽃스님, 2026

ISBN 979-11-7591-053-9 03810